ベリーズ文庫

怜悧な御曹司は秘めた激情で政略花嫁に愛を刻む

冬野まゆ

STARTS
スターツ出版株式会社

目次

怜悧な御曹司は秘めた激情で政略花嫁に愛を刻む

特別書き下ろし番外編

怜悧な御曹司は秘めた激情で
政略花嫁に愛を刻む

6

私と結婚してください

八月某日、都内でも老舗として名高い高級ホテルのラウンジ。

窓の外に広がる快晴の空を見上げ、深いため息を漏らした神崎詩織《かんざきしおり》は、視線を下へ落とし、軽く袖を動かして自身の身を包む友禅染《ゆうぜんぞめ》の着物の柄を確認する。

季節を考慮して清涼感のある若草色の生地に、流水、雲取り、扇など縁起がいいとされる図柄が織り込まれる着物は、職人技を感じさせる品だ。着物の柄の美しさを引き立たせられるようにと合わせた帯や小物も、『神崎テクノ』の社長令嬢として恥ずかしくない品を選んだはず。

でもこうやってひとりで見合い相手の到着を待っていると、これで大丈夫だろうかと不安になる。

そんなふうに弱気になるのは、自分にはいろいろなものが足りないという自覚があるからなのかもしれない。

（着物だと、逆に大げさすぎたかな？）

ラウンジの外にあるホテルのフロントに視線を向けると、夏休みのためかカウンターには人が絶え間なく行き交い、ラウンジもほぼ満席状態だ。

詩織は、家族とともに都内で暮らしている。そのためこれまで宿泊客としてこのホテルを利用したことはないが、併設されているレストランはたまに利用しており、その際の記憶として、人の流れが緩やかな落ち着いた場所と認識していた。

だから先方にこのラウンジを指定された時は、大事な話をするにはちょうどいいと思ったのだけど、夏休みの今は勝手が違うらしい。

さまざまな言語が飛び交う賑わいの中、若い女性の和装が珍しいのか、海外からの観光客とおぼしき人の中には、こちらにカメラを向けてくる者までいる。

見合いといえば着物。そんな固定観念で和装を選んだけど、これでは悪目立ちが過ぎる。

今日の見合いに関して家族に意見を求めることができたのであれば、その辺も含めて適切なアドバイスをもらえたのかもしれないけれど、あいにくこれは詩織がひとりで決めた話なのだ。

せめて仲のいい友達にでも相談できればいいのだけど、まだ大学に通う年齢である詩織の友達は皆若く、見合い経験がある者がいないので相談のしようがない。

そのためネットの情報を頼りに、縁起のいい柄の着物を選んだのだけど、だんだん和装自体が間違いだった気がしてきた。

詩織は、袖の柄を再度確認して再びため息を漏らした。

まともな仲介者も立てず、家族の付き添いもない見合い。

神崎テクノの社長令嬢として箱入り娘として育てられた身としては、かなり無茶苦茶なことをしている自覚はある。だけど家族を助けるためにジッとしていられなかったのだから、仕方がないではないか。

「……あれ?」

落ち着かない思いで腕時計に視線を落とした詩織は、小さな声を漏らした。

気がつけば、待ち合わせ時間をとうに過ぎている。

右手で左の袖を押さえてテーブルに伏せてあったスマホを手に取り画面を確認しても、今日の見合い相手である斎賀貴也《さいがたかや》からも、この見合いをセッティングしてくれた従兄《いとこ》の望月悠介《もちづきゆうすけ》からもなんのメッセージも届いていない。

相手は引く手あまたのイケメン御曹司。いくら友人の紹介とはいえ、学生相手の見合いなどバカらしいと思ったのかもしれない。

「すっぽかされたのかな」

約束の時間を過ぎても相手が現れないというのは、そういうことなのだろう。

従兄で神崎テクノの社員でもある悠介が、件《くだん》の御曹司と大学時代からの友人と知った詩織は、悠介に頼み込んで、半ば強引に彼との見合いをセッティングしてもらった。

そうまでして挑んだお見合いなのに、すっぽかされたとわかると、心のどこかで安堵してしまうのだから情けない。

とはいえ、喜んでもいられないのだけど。

この先どうするかを考え、深いため息をついた詩織は、スマホで今日の株価を確認する。そして、神崎テクノという銘柄の後に続く赤文字に下唇を噛んだ。

昨日確認した時よりさらにマイナス幅が広がった株価に、焦燥感が増す。

「お父さん……」

父であり、神崎テクノの経営者である神崎篤《あつし》もこの株価を目のあたりにしていると思うと、胸が苦しくなる。

「この先どうしたらいいのかな」

詩織は、本日何度目かわからないため息をつくと、無意味と知りつつ今日の見合い相手の名前を打ち込んでみる。

〝SAIGA《サイガ》精機　斎賀貴也〟と入力してクリックすれば、画面にはすぐに見目麗しい男性の顔が表示される。

高層ビルの一室と思われる開放的な窓を背にソファーに腰掛ける彼は、長い四肢を持てあますように脚を開き、肘掛けを利用して頬杖を突いている。

少し癖のある髪をセンターで分けている彼は、形よく整えられた眉に、すっきりとした鼻筋、微笑を浮かべた薄い唇といった顔のパーツが、完璧と言っていいバランスで配置されていて人目を引く。

ライトの加減か少し色素が薄く見える瞳には、妥協を知らない意思の強さがうかがえる。それでいて、その切れ長の眼差《まなざ》しは目尻が少しだけ下がっていて、敏腕家がまとう特有の鋭さをうまく中和させている。

経済誌のインタビュー記事に添えられた写真の彼は、ファッション雑誌の一ページとしても使えそうなクオリティだ。

写真とともに掲載されている彼の簡単なプロフィールも、かなり華々しい。その情報によれば、彼は旧帝国大学のひとつを主席で卒業後、サイガ精機の御曹司としてすでに部長職を任されている。きっとこの先も、後継者として華々しいキャリアを重ねていくのだろう。

年齢は従兄の望月悠介と同い年なので、二十歳の詩織より七つ上の二十七歳だ。

若く美しく、商才にあふれた御曹司。その存在のすべてが、完全無敵な王子様といった感じだ。

「こんな人が、私と結婚してくれるわけないよね……」

見合いをすっぽかされて、冷静さを取り戻した詩織がつぶやく。

家族の窮地を救いたい一心で、従兄のツテを頼ってどうにか彼との見合いに漕ぎつけたけど、冷静に考えれば彼ほどの男性が自分なんかと結婚してくれるわけがない。

小学校から大学まで一貫教育の女子校に通う詩織が人に誇れるものがあるとすれば、そのすべての教育過程において皆勤賞をもらえるほどの健康体と、絶対に学校を休まない生真面目さくらいのものだろう。

あとは一応、神崎テクノの社長令嬢という肩書きもあるが、正直それは、現在空前の灯火と言える状況にある。

詩織の実家の家業である神崎テクノは、海外にも顧客を持つ電子機器メーカーで、複数の特許を保有しており、独自の加工技術に高い評価を受けていた。

だが数カ月前のリコールと、データ改ざんの発覚により、その株価は急落の一途をたどっているのだ。

このまま手をこまねいていれば、神崎テクノは倒産の憂き目に遭うか、どうにか生き延びたとしても、歪《いびつ》な変容を余儀なくされる。

そうなれば篤は、社長の座を追われ、創業家としての威信を失ってしまう。

そのような状況に陥った理由に関して、思うところはたくさんある。

でもとにかく、家族のためになにかできることはないか。

そう悩み悠介に相談したところ、神崎テクノの信頼回復に手を貸してくれそうな男性に結婚してもらってはどうかとアドバイスを受けて、その案に飛びついた。

とはいえ、最初は名案だと思ったこのプランは、冷静になるとかなり無謀な策だ。

急に、ここまで一気に突っ走ってしまった自分が恥ずかしくなってきたので、今日のお見合いはすっぽかされてよかったのだろう。

ただしこれで問題解決というわけではない。

改めて、神崎テクノや家族のために自分はなにができるのだろうかと悩んでいると、詩織の肩に誰かが触れた。

「えっ……？」

肩に触れた手の感触に驚き振り返った詩織は、再度驚き、大きく息を吸った。

「君が、望月の従妹《いとこ》か？」

詩織の顔を確認して悠介の名字を口にするのは、先ほどスマホで名前を検索した斎賀貴也、その人だ。

間近で見る彼は、写真そのままの端整な顔立ちをしており、画面越しでは気づけなかった独特な威圧感がある。

生まれながらにして人を屈服させることになれている、王族のような存在感。

「若草色の着物を着ているはずと、アイツから連絡をもらっているんだが？」

突然の登場にポカンとする詩織に、貴也が言う。

（狼みたい）

返事も忘れて貴也の顔を眺める詩織は、そんな印象を抱いた。

揺るぎない自尊心と意思の強さを隠さない彼の佇まいは、気高い獣を連想させる。

ネコ科の獣のようなしなやかさがない代わりに、すべてを力業でねじ伏して狙った獲物を確実に捕らえる獣。

それでいて微《かす》かに下がった目尻が柔和さを醸し出し、その野生みあふれた存在感をうまく隠している。

「神崎詩織さん？」

「はい」

再度名前を呼ばれ、詩織は慌てて返事をした。すると、貴也が安心したように表情を緩める。

その些細な変化に、詩織の胸が大きく跳ねた。

(な、なんかズルい)

彼が見せたその表情に思わずドキッとしてしまう。そんな自分の反応に妙な敗北感を覚えて、詩織は悔しさに下唇を噛んだ。

「待たせて悪かった。飛行機の到着が遅れて」

詩織の肩から手を離した彼は、そのついでといった感じで前髪をかき上げる。

すっぽかされたと思っていた見合い相手が突然目の前に現れ、思考がフリーズしていた詩織は、再び彼に視線を向けられ、慌てて立ち上がった。

そしてその勢いのまま、腰を大きく曲げてお辞儀をする。

「あの……失礼いたしました。本日はお招き……違うっ……お越しいただき……じゃなくて、お時間いただき……あ、でもお越しいただきもありがとうございま……」

支離滅裂もいいところである。

自分の頬が熱くなるのを感じつつ、詩織は恐る恐る顔を上げた。

すると上目遣いに見上げた先で、貴也は詩織から微妙に視線を逸らし右手で口もとを隠している。

男性的な長い指の隙間から見える口もとは、確実に笑いを噛み殺している。

どうにか笑うのをこらえているといった感じの貴也の姿に、自分のつたなさを思い知る。

彼のその姿に、詩織の思考はいっそう空回りしていく。

（斎賀さんがあきれて帰る前に、とにかく交渉しなくちゃっ！）

あたふたしながらも、どうにか思考をまとめた詩織は、両手を組み合わせて言葉を紡ぐ。

「あの、私の父は神崎テクノという電子機器メーカーを経営して……ッ！」

「ストップ」

貴也は、自分の置かれている状況を説明しようとする詩織の唇に人さし指を添えて黙らせる。

軽くとはいえ、唇に触れる指の感触に、息もできないほど驚いてしまう。

「良家のお嬢様が、気軽に個人情報をさらすべきじゃない。軽率な発言が、家業に迷惑をかける場合もあるぞ」

鋭い口調でそうたしなめ、周囲に視線を巡らせる。

「あっ……」

彼の目の動きをたどり、詩織は組んでいた手をほどいて口もとを手で隠した。

人で賑わうラウンジの中で、着物姿の自分と、華やかな佇まいの貴也という組み合わせはかなり目立つ。客の中には、チラチラこちらの様子をうかがっている者もいる。

その中に、父の仕事関係者がいないとは限らない。

詩織が黙ると、貴也はそれでいいと言いたげに小さくうなずき、彼女の左手首を掴《つか》んで歩き出す。

「その辺の話は、部屋で聞く」

「部屋……？」

その単語に、緊張が走る。

触れる手首から詩織の戸惑いを読み取った貴也は、こちらを振り返って人の悪い笑みを浮かべる。

「なんだ、俺に政略結婚を持ちかけに来たんじゃないのか？　それなら、ベッドの上で話した方が早いだろ」

その言葉に、詩織の思考が再びフリーズする。

一足飛びな展開に戸惑いしかないが、彼の言葉には一理ある。

別に自分は、彼と恋愛をしたいわけじゃない。

家族のうしろ盾をつくるため、サイガ精機の御曹司である彼と姻戚関係を結びたいと考えているのだから。

「け、結婚……してくれるんですか？」

慌てて確認する詩織に、貴也はチラリと視線を向けた。

「それは、ベッドでのアンタの反応次第だ」

そう言ってニヤリと笑う彼の表情は、ひどく意地悪だ。

貴也の言葉に、詩織の頭が真っ白になる。男性経験どころか、親族以外の異性とろくに言葉も交わさない生活を送ってきた詩織に、彼を満足させる自信はない。

「えっと……っ」

正直に言えば、未知の体験が怖い。

緊張で一気に血の気が引き、指先が痺《しび》れてくる。

小さく震える詩織の手に視線を落として、貴也が口を開く。

「その覚悟がないなら、こんな無謀な見合いなんて――」

彼の言葉を遮るように、詩織は握られている手で拳をつくり貴也を見上げた。

「わかりました」

詩織の言葉に、貴也がわずかに目を見開く。

彼のその反応に、なにかすごい期待をされているのではないかという不安に襲われた詩織は、慌てて付け足す。

「ただそういった経験がなくて、所作がよくわからないです。だからその……教えていただければと思います。斎賀さんのご希望に添った反応ができるよう、最大限善処いたしますので」

緊張で青くなりつつも覚悟を決める詩織の言葉に、貴也はなぜか眉間を押さえる。

自分はなにか失礼な発言をしてしまったのだろうかと焦っていると、貴也はこちらに視線を戻し、意地の悪い眼差しを向けてくる。

「女を縛って痛めつけてから抱くのが趣味だと言ったら、どうする？」

「えっ！」

男女の営みに疎い詩織がおぼろげに抱いていた内容のかなり上を行くセリフに、思わず掴まれている手を引く。

その動きを感じ取った貴也が、すかさずこちらを挑発してくる。

「逃げるなら、今のうちだぞ」

「逃げませんっ！」

覚悟を決めて……というより条件反射のように断言すると、貴也はやれやれといった感じで肩をすくめた。

そして視線を前に戻すと、無言で詩織の手を引いて歩いた。

フロントでチェックインの手続きを済ませた貴也は、案内を断り、そのまま詩織の手を引いてエレベーターホールに向かう。

そして高層階でエレベーターを降りると、慣れた手つきで電子ロックを解除して扉を開ける。

「どうぞ」

レディーファーストと言いたげに扉を押さえる貴也に一礼して、詩織は部屋に足を踏み入れた。

そのまま大理石貼りの広い廊下を進むと、眼下の庭園を堪能できる位置にソファーが配置されているリビングスペースに出た。

視線を巡らせれば、続き間に扉のない壁で区切られたベッドルームが見える。

（初めてって痛いらしいのに、縛られてそれ以上に痛い思いをさせられて……）

キングサイズと思われる広々としたベッドを見ただけで、緊張で倒れそうになる。

それでも自分の覚悟は変わらないと、大きく息を吸って姿勢を整えた詩織は、無言でそちらへと足を向けた。

「おいっ」

詩織に続いて部屋に入った貴也が、無言でベッドルームに向かう詩織に戸惑いの声を漏らすけれど、ここで一瞬でも足を止めたら恐怖で動けなくなるに決まっている。

それがわかっているので、詩織は彼を無視して部屋を移動するとベッドに腰を下ろし、草履を脱ぎ、ベッドの上で正座した。

着物の袖を左右に広げ、膝の上で両手を重ねる。そして、自分を追いかけて寝室に入ってきた貴也を見上げた。

覚悟を決める詩織の姿に、貴也はなぜだかまた眉間を押さえる。

「これは、どうぞご自由にお召し上がりください……って、意味かな？」

眉間を軽くもんだ貴也は、姿勢を戻すとベッドの上に鎮座する詩織にからかい口調で問いかける。

「……はい」

自分の前に立つ貴也の問いに、詩織は小刻みに震えながらもうなずく。

厳格な女子校育ちの詩織には、こういった場面でどのように振る舞うのが正解なのかわからないので、すべて彼に任せるしかないのだ。

無言のまま見上げていると、貴也は困り顔で首筋をかく。

そしてその手を口もとに移動させると、視線を落として考え込むような仕草を見せる。でもすぐにまとまったのか、唇を隠していた手を離した貴也は、意地の悪い笑みを浮かべてベッドの端に腰を下ろした。

その瞬間、彼のまとうトワレが鼻孔をくすぐる。

癖のある香料が複雑に絡み合ったようなそれは、詩織や彼女の母が使う女性向けの甘い香りとは異質なもので、独特の癖と存在感がある。

自分とは異なる香りを強く意識しただけで、詩織の鼓動はいっそう加速していく。対して貴也の方は緊張した様子もなく、軽く腰をひねり、片膝を曲げてマットレスの上にのせて詩織と向き合う。

そして右腕を伸ばし、人さし指で詩織の顎を持ち上げる。

「初対面の男に誘われて、素直に部屋についてくるなんてなかなかの遊び人だな。初《う》心《ぶ》なふりして男を煽《あお》るのがいつもの手か？」

嘲りを含んださざやきに、詩織は赤面して首を横に振る。

「違っ――」

違うと言い切るより早く、貴也の手に肩を押された詩織は、体のバランスを崩して仰向けに倒れ込む。

驚いて息をのむ間に、貴也は中途半端な姿勢で投げ出された詩織の膝裏に腕をすべり込ませて足を伸ばさせると、彼女の上に覆いかぶさってきた。

突然の展開に驚き、大きく目を見開く詩織の視界を、貴也の端整な顔が埋め尽くす。

(ち、近いっ!)

腕で体重を調整してくれているので息はできるが、この逃げようのない状況と距離感が息苦しい。

「着物は、自分で着付けられるのか?」

片腕で体のバランスを取る貴也は、もう一方の手で詩織の着物の襟もとに指をすべらせながら聞く。

つまり、このまま着物を脱がせて行為に及んだ場合、着物を着直せるのかという確認なのだろう。

互いの息遣いを感じられるほど近くにある貴也の顔から視線を逸らして、詩織は静かにうなずく。

「茶道を習っていたので、自分で着付けはできます」

だから今日も家族には、OGとして母校の茶道部のお茶会に出席すると嘘をついて着物を着て出かけた。

「学生のうちから友禅の着物とは、さすがは神崎テクノのお嬢様。大事に育てられてきたんだな」

詩織の説明に納得する貴也は、襟もとをなでていた指を首筋へと移動させて結い上げた髪の後れ毛をもてあそぶ。

うなじに触れる彼の指の感触がくすぐったくて、彼の指が動くたびに肌にぞわりとした痺れが走る。

その痺れをやり過ごすため首をすくめる詩織に、貴也は質問を重ねる。

「それでも自分の社会的地位を守るためにならその愛娘を売りに出すんだから、神崎社長の人間としての程度がうかがえるな」

侮蔑的な貴也の言葉に、詩織はこれまでとは違った種類の熱が自分の顔に上るのを感じた。

「そ、それは違います。今日のお見合いは、私ひとりで決めました！」

詩織が断言すると、貴也の指の動きが止まる。

そして視線でその先を促してくるので、詩織は小さく深呼吸をして言葉を続けた。

「父が経営する神崎テクノは、数カ月前のリコールの公表とともに、その商品に関して過去にデータ改ざんが行われていたと公表しました。それは業者からリベートを受け取った幹部が、子会社に指示をしていた不正で、事態を知った父は速やかに情報公開と謝罪会見を行いました」

多くのフラッシュがたかれる中、深々と頭を下げる父親の姿を思い出し、詩織は悔しさに下唇を噛んだ。

幹部が巧妙に隠し、自分の預かり知らぬ場所で行われた不正とはいえすべての責任は自分の監督不行き届きにあると頭を下げた父。

真摯なその姿に、胸を打たれた社員がいるのも確かだ。

だけど一部、不正に関与しつつも断罪を免れた社員は、今後自身の罪を暴かれるのを避けるためにも、関係者を厳しく処罰した父にすべての責任を押しつけて社長の座から引きずり下ろそうと考えた。

そのために、今回のことはあたかも社長の指示のもと行われたかのように印象操作を行っている。

とはいえもちろん、すべての社員や取引先がそんな悪意に満ちた情報をうのみにするわけではないので、現在神崎テクノは、社長派と反社長派のふたつの派閥がいがみ合っている状況だ。

そんな中で大きなリコール問題を抱えた会社が正しく機能するはずもなく、株価は下落の一途をたどっている。

緊張で、時折言葉が詰まる。それでも懸命に状況説明をする詩織の言葉に、上半身を起こした貴也がうなずく。

「リコールの流れは経済誌で読んでいるし、社内紛争の流れについても、大まかな経緯は望月から聞いている」

それなら、さっきの父を侮辱するような言葉を撤回してもらいたい。

彼の体が離れてホッとする詩織だけど、体を起こしていいのかわからず中途半端な姿勢で彼を睨む。

そんな詩織の視線を受けて、貴也は意地悪く笑う。

「だから父親の立場を守りたいアンタは、サイガ精機の後継者である俺と結婚すれば、家族のうしろ盾になってもらえるのではないかと考えたんだろ?」

貴也の言葉に、今度は詩織がうなずく。

彼の会社は複数の特許技術を所有しており、そのうちのひとつの使用許可が欲しいと、神崎テクノは以前から交渉していた。

今もし許可を得られれば神崎テクノの業績回復の助けになるし、理由が社長の娘である詩織と貴也の婚姻にあるとなれば、父に社長退任を迫りにくくなるのではないか。しかも悠介の話によれば、最近の貴也は家族に結婚を急かされているらしい。その情報は、まさに渡りに船。

覚悟を決めた詩織は、悠介に頼み込んで今日の見合いをセッティングしてもらったのだ。

「家族のために、俺にひどい扱いを受けても我慢できるのか？」

詩織の目をまっすぐに覗《のぞ》き込み、貴也が聞く。

その問いかけに、詩織は間髪をいれずにうなずいた。

「はい」

詩織の下には、ふたつ違いの弟がいる。姉の贔屓目《ひいきめ》を抜きにしても優秀で、あと数年もすれば神崎テクノに就職して悠介とともに父の助けになるだろう。

だからそれまで父の立場を守れるのであれば、詩織は自分のすべてを差し出す覚悟がある。

「その価値があると思えるくらい、私は両親から過分な愛情を受けて育てられました」

緊張しつつもハッキリした声でそう答えると、貴也は長い指で自分の顎のラインをなぞって考え込む。

「後悔しない？」

「はい」

迷いなくそう返すと、貴也が再び覆いかぶさってくる。

再び彼の体の重みを感じて緊張する詩織の首筋に顔を寄せて、貴也が命じる。

「じゃあ、目を閉じて」

その言葉に、詩織は覚悟を決めて強く目を閉じた。

でも、ちゃんと覚悟しているはずなのに、湧き上がる震えを押さえられない。

どんなふうに触れられるのだろうかとビクビクしていると、詩織の耳もとで貴也がささやく。

「望月から、アンタの性格や置かれている状況についていろいろ聞かされたよ。自分の従妹は温室育ちのお嬢様で、普段はおとなしいくせに、世間知らずなぶん、時々思いがけない行動に出てあぶなっかしいと嘆いていた」

詩織の首筋に顔をうずめるようにして話すので、彼の息づかいが詩織の敏感な肌をくすぐる。

それが怖くて仕方なくて、詩織は拳を握りしめた。

半泣きになりながら恐怖を耐えていると、貴也が不意にクッと喉の奥を鳴らした。

「望月は、アンタを妹のようにかわいがっているみたいだな」

首筋に触れる彼の息遣いで、彼の唇が自分の肌のかなり際どい場所にあるのだとわかる。

でも貴也は、詩織の肌に唇を触れさせない。

逆に少し顔を浮かせて、詩織と距離を取る。

「そんなアイツは、俺にこう言っていた。『詩織は本当にいい子だから、見合いを受けたフリをして、どうか二度とこんなバカな行動を起こさないよう、ビビらしておいてくれ』って」

「……はい？」

緊張して身を固くしていた詩織は、一瞬、なにを言われたのかわからなかった。

思わず閉じていた目を開けると、笑いを噛み殺している貴也と目が合った。

顔を上げてこちらを見下ろす貴也は、詩織と目が合った瞬間、プハッと盛大に噴き出しベッドに倒れ込む。

そしてなにが起こったのかわからずキョトンとする詩織に、優しい眼差しを向ける。

（わけがわからない……）

やわらかな彼の微笑みに、さっきとは違う意味で顔が熱くなるのを感じながら、詩織は言葉を絞り出す。

「から……かわれたんでしょうか？」

上半身を起こして問いかけると、貴也は自分の髪をクシャリとかき混ぜて肩をすくめる。

「からかったわけじゃない。ただ普通に見合いを断れば、君はほかの男にも同じ交渉を持ちかけるつもりだったんだろ？　そんな危険な行動に出ないよう、身を持って学習させたかったんだ」

貴也はまたクスクスと笑う。

さっきまでとは異なるやわらかな空気をまとう貴也は、詩織の呼び方を〝アンタ〟から〝君〟に切り替えている。どうやらさっきの横柄な物言いは、詩織の真意を探るための演技だったらしい。

だとすれば詩織の父に向けたとげのある言葉も、演技の一環だったのだろうか。

その予想を裏づけるように、貴也が言う。

「神崎氏の人柄も十分に承知している。あの人は、進んで不正に荷担するような人じゃないよ」

詩織が知らなかっただけで、父と貴也は、財界人のパーティーなどで顔を合わせることもあり、お互い面識があるのだとか。

「ひどいっ！　なんで？　私に政略結婚でもしたらどうかって提案したのは、悠介さんなのにっ！」

　少し前に、父の立場を守るために自分もなにかできないかと、悠介に相談した。すると彼の方から、父のうしろ盾になってくれるような男性と政略結婚してはどうかと話したのだ。

　そのわかりやすい例として、今商談中のサイガ精機の御曹司である貴也の名前をあげた。

　だから強引に今日の見合いの場をセッティングしてもらい、それ相応の覚悟を決めて挑んだというのに……。

　詩織が涙目で抗議すると、上半身を起こした貴也が「だからだよ」と真顔で返す。

「望月としては、酒の席での冗談として言ったつもりだったのに、君が本気にしたから焦ったそうだ。しかも君の性格から考えて、俺に見合いを断られれば、お嬢様学校のツテを駆使して、似たような条件のほかの御曹司と見境なしに見合いをしそうだと」

「う……っ」

　たしかにそう言われてみると、相談した時の悠介は、かなり酔っていた気がする。

そしてその予想通り、この見合いに失敗した場合は、父の助けになりそうなほかの男性と片っ端から見合いするつもりでいた。

図星を突かれて黙る詩織に、貴也がため息を漏らす。

「その見合い相手が悪いやつで、結婚を匂わせて、言葉巧みに企業情報を聞き出してライバルに売る可能性もある。そこまでいかなくとも、体の関係だけ求められて捨てられたら、家族も君自身も傷つくだけだ」

イヤそうに顔をしかめた貴也は、乱暴に自分の頭をかいて続ける。

「それに結婚したところで、相手が君の願いを叶えてくれるとは限らないだろ」

彼の説教に返す言葉がない。

身の置きどころがわからず、黙って下唇を噛む詩織に、貴也が言う。

「自分が誠実に生きれば、相手からも誠実な対応が返ってくると思ったら大間違いだ。それは、自分の父親の置かれている状況を見ればわかるだろう?」

その言葉に、詩織は深くうなずく。

たしかに、自分のすべてを差し出して口約束の婚約を交わしたところで、それを反《ほ》故《ご》にされない保証はどこにもない。

家族のためにと躍起になっていたが、彼の言葉に冷水を浴びせられたような気分になる。

自分を突き動かしていた熱が一気にしぼんでいくのを感じて、詩織は肩を落としてうなだれた。

「君の覚悟を試すためとはいえ、怖い思いをさせて悪かった。俺も君はいい子だと思うから、自分を安売りして不幸になってほしくない」

「ごめんなさい。……それと、ありがとうございます」

名案と思っていたのに、自分はかなり危ない橋を渡っていたようだ。

貴也が常識的な人でよかった。

「愛してくれている親のためにも、自分の未来を粗末に扱うな」

口調こそぶっきらぼうだが、彼のその言葉に目の奥がツンと熱くなる。

詩織が無言でうなずくと、ふわりとした優しい表情を浮かべる。

「もうこりたか？」

「はい。ほかの方法を考えてみます」

とは言っても、学生の自分になにができるだろうか。

肩を落としてあれこれ考えていると、丸くなる詩織の背中に貴也の手が触れた。

着物を着ているので手の感触をリアルに感じているわけではないけど、それでも彼の手が大きくて温かいものだと思うのは、その人柄に触れたからだろう。

「とりあえず、婚約はしてやる。泣かせて悪かったな」

「はい？」

思いがけない言葉に、萎れていたのも忘れて素っ頓狂な声をあげる。そんな詩織の反応に、貴也は優しく目を細めた。

「さすがに結婚はしてやれないが、とりあえずの婚約者役くらいしてやるよ。望月とは長い付き合いだし、神崎社長の経営体制を維持できるよう、なるべく力添えもさせてもらう」

「え、どうして？」

そんなことをして、彼になんのメリットがあるというのか。

理解ができないと目をパチクリさせる詩織に、貴也は少し考える。でもすぐに考えるのが面倒になったのか、あっけらかんとした口調で言う。

「子どもを泣かしたお詫びだ」

「……泣いてないです」

泣きそうにはなったが、泣いてはいない。それに自分はもう子どもじゃない。

そこは勘違いしてほしくないと、詩織はすばやく言い返す。

すると貴也は、背中に触れさせていた手で詩織の頬を軽くつまむ。

「じゃあ、泣いていい。十分がんばったし、怖かっただろう？」

そんなふうに言われると、がんばってこらえていたものが、我慢できなくなるではないか。

さっきとは違う意味で拳を握りしめてあふれてくる感情をこらえていると、貴也は詩織から手を離し、背中を向けて寝転がる。

「一度寝るから、泣きやんだら起こしてくれ」

「え？」

「泣き顔、見られたくないんだろ？　我慢する必要はないさ。泣きやんだら、お茶でも飲みながら今後について話し合おう」

そっけない口調でそう告げた貴也は、「出張先でトラブルがあって疲れたし、まだ時差ボケが残っていてつらい」とぼやく。

状況がうまくのみ込めない詩織は、マットレスに手を突いて、自分に背中を向ける彼の顔を覗き込んだ。

その気配に気がついた貴也が、薄く目を開けて「ん？」と声なく問いかけてくる。

「斎賀さん、本当に私と婚約するつもりなんですか？　そんなの、斎賀さんにはなんのメリットもないですよね？」

おずおずと問いかける詩織に、貴也は「まあ、そうだな」と薄く笑う。

眠気のせいか、彼のその笑い方はひどく無防備だ。

その表情にドキッとしていると、少し考えてから貴也が口を開く。

「ひとりでいるとやたら見合いを持ってこられて面倒だから、しばらく婚約者をつくっておくのも悪くない」

「えっと、婚約者ってなにをすればいいんですか？」

情けない話ではあるが、今この瞬間まで、婚約をした後はなにをどうすればいいのかまったく考えていなかった。

眉尻を下げる詩織をチラリと見て、貴也がふわりと笑う。

「そうだな……とりあえず、君のご両親に挨拶をして、婚約の承諾を得る。そして技術提供を口実に神崎テクノの体質改善……それは望月にもがんばらせるか」

ぼそりぼそりと話す貴也は、少し考えるように視線をさまよわせてから詩織をチラリと見る。

「あとはふたりの関係を疑われないよう、時々は一緒に食事にでも行くか」

その声の終わりの方は、微かに寝息交じりになっているので、本当に疲れていたらしい。

そのまま目を閉じた貴也は、本格的な寝息を立て始める。

恐る恐る貴也の頬を軽くつまんでみたが、よほど疲れていたのか反応はない。

「寝てる」

そうつぶやいた詩織は、脱力感に襲われた。

貴也には泣きやんだら起こしてくれと言われたが、もう泣くような気分ではない。

奇妙な展開ではあるが、どうやら自分は当初の目的通り、理想的な婚約者を手に入れたようだ。

そう納得すると、今日まで緊張でろくに眠れない日々を過ごしていただけに、一気に疲労感が込み上げてくる。

「ありがとうございます」

貴也の背中にそう声をかけると、彼は「んっ」と返事とも寝息とも判断つかない声を漏らす。

油断しきったその反応に、自然と笑いが漏れる。

(斎賀さん、いい人だな)

起こさないよう注意しつつ彼の顔を覗き込む。

写真を目にした時から、端整な顔立ちをしている人だとは思っていたけど、間近で見る彼は美しいだけでなく男としての色気もある。

そんな彼が無防備に眠る姿は、見てはいけないものを盗み見ているような背徳感を覚えるのに、それでいて目が離せない。

くすぐったいような気持ちを持てあました詩織は、彼を真似てコロリと寝転がる。この状況でなにをすればいいのかわからないので、彼の背中に額を寄せて、そっと瞼を伏せた。

目を閉じて彼の気配を感じていると、胸がざわつくのに、そのザワザワに浸っていたい。

そうやって彼の存在を心地よいものに思いつつ目を閉じていると、ここしばらく眠れない夜を過ごしていた詩織の体が疲労感に包まれていく。

「眠い……」

つぶやいた時には、詩織の意識はすでに、半分眠りの闇に落ちていた。

そしてそのまま深い眠りに落ちた詩織は、夜になって先に目を覚ました貴也に起こされるまで、気持ちよく眠り続けた。

そうなると、もうゆっくりお茶を飲んで今後の打ち合わせをしている場合じゃない。

慌てて家に連絡したけど、すでに母校のお茶会に行っただけの娘が夕食時を過ぎても帰らないことを心配した母が高校時代の恩師に連絡した後で、お茶会が嘘だとバレていた。

結果、心配のあまり警察に連絡しようかと思っていたと話す母を「今すぐ帰るから」となだめて、急いで貴也に家まで送ってもらう羽目になった。

そうやって慌てて帰ってみれば、家族に嘘をついてめかし込んで出かけた娘が、夜遅く、髪や着物が微かに乱れた姿でサイガ精機の御曹司に送り届けられたという状況に、両親を動揺させた。

それでも貴也がそつなく対応してくれたおかげで、詩織と貴也は、既成事実のある婚約者として両家の家族に関係が認められたのだった。

愛しの婚約者様

企業向けの電子情報処理管理システムを提供する『マミヤシステム』のオフィスで、パソコンと向き合う詩織は「んっ」と唸り、小さく伸びをした。

マミヤシステムは、会社としての歴史は浅く従業員数二十人程度と小規模ではあるが、そのぶん活気に満ちている。

八月になったばかりの今日、室内は空調が効いていて涼しいが、都内ビルの一室に事務所を構えるオフィスの窓の外では存在感のある入道雲が湧き上がっていて見るからに暑そうだ。

「入力終わった？」

伸びをしたついでに肩のストレッチをする詩織にそう問いかけるのは、同僚で仲良しの木根里実《きねさとみ》である。

癖のある栗色の前髪をヘアクリップでとめている里実は、詩織と目が合うと、ぱっちりとした目を数回瞬《まばた》きする。

名前もあいまって、彼女の目を見ると、丸っこいどんぐりを思い出す。

「うん」

詩織は肩をほぐしながらうなずく。

大学を卒業して、社会人二年目。任される仕事も増えて、それなりに大人びてきたつもりだ。

同期入社である里実は、同僚であるとともに、気心の知れた友人でもある。

ちょうど同じタイミングでひと仕事終えた里実と少し世間話をした詩織は、気持ちを切り替えて次の作業に取りかかる。

進めていると、里実が不意に「あっ」と声を漏らした。どうかしたのかと横目で彼女をうかがうと、里実はこちらに顔を寄せてきてささやく。

「明日、合コンあるんだけど、たまには詩織ちゃんも一緒に行かない？　新しい出会いがあるかもよ」

そう誘ってくれる里実は、実に楽しげだ。

誰に対しても気さくで社交的な性格の彼女は、よく男女での飲み会に参加しているが、その目的は、まだ見ぬ運命の王子様に出会うためだという。

運命の相手とは、出会った瞬間に〝あ、この人だ〟とわかるはず。そんな男性にたどり着くために人脈を広げる必要があるというのは、里実の弁である。

そして気のいい彼女は、詩織にも運命の出会いが必要だと考えていて、参加メンバーの雰囲気によっては時々こうやってお誘いの声をかけてくる。

それは詩織が、恋人がいないと言っているせいなのだけど……。

「誘ってくれてありがとう。でも私あまりお酒飲めないし、賑やかな場所も苦手だから遠慮しておく」

詩織がお約束のセリフを口にすると、里実は不満げに唇を尖《とが》らせる。

「いっつも、そう言って断るぅ。詩織ちゃん清楚系で美人だから、合コン行ったら絶対モテるのに。行けば運命の王子様との出会いがあるかもよ」

小声で抗議する里実に、詩織は「ごめんね」と肩をすくめる。

就職して多少の免疫はできたが、厳粛な女子校で育った詩織は、今でも男性がかなり苦手である。

それを正直に口にすると、里実は「そんなんじゃ、いつまでも恋人も結婚もできないよ」とからかってくる。

（恋人はいないけど、婚約者がいます……）

心に浮かぶ言葉をそのまま口にできないのは、貴也がかりそめの婚約者にすぎないからである。

大手企業の御曹司で、見目麗しい彼は、理想的な王子様と言える。だけど彼は、詩織の運命の相手ではない。

そんなあれこれの事情を説明するわけにもいかず愛想笑いを浮かべていると、先輩男性社員である生駒《いこま》に名前を呼ばれた。

「はい」

返事をした詩織が振り返ると、生駒は一瞬だけチラリとこちらに視線を向け、手際よくビジネスバッグに資料を詰め込んでいく。

「営業に行くが、付き合えるか？」

新入社員の頃、詩織の指導を担当してくれた生駒は、今でも勉強になると思った場合には声をかけてくれる。

営業のホープである彼は、フットワークが軽く、何気ない会話の中から顧客のニーズを読み取り、問題解決に役立つ策を提案する技に長けていて、顧客からの信頼も厚い。だから彼との外回りは、とても勉強になる。

「はいっ！　同行させてください」

男性が苦手な詩織ではあるが、仕事のためとなれば話は別だ。

元気よく返事をすると、手早くデスクを片づけ、外回り用の資料が詰まったバッグを肩に引っかけて立ち上がった。

席を離れる際チラリと視線を向けると、里実が「いってらっしゃい」と小さく手を振ってくれたので、詩織も手を振り返す。

「合コン、また誘うね」

お見送りに付け足されたその言葉には、苦笑するしかない。

（貴也さんの存在を隠している私が悪いんだけど……）

恋人がいない――その言葉に嘘はないのに、自分を思ってあれこれ声をかけてくれる彼女を騙《だま》しているような状況が心苦しい。

（婚約者がいるって言えたら、逆に楽なんだろうな）

生駒の背中を追う詩織は、心の中で独りごちる。

詩織は、職場の人に自分が神崎テクノの社長令嬢だとは話していない。そのため、もちろんサイガ精機の御曹司である貴也と婚約関係にあることも秘密である。

でも貴也との関係を人に話せないでいるのは、それだけが理由ではない。

四年前のあの日、『さすがに結婚はしてやれないが』と貴也に言われているからだ。

たしかに今の詩織は貴也と婚約関係にあるけど、それは政略結婚でも、愛を育んだ末の自然な流れというわけでもない。

四年前、詩織の従兄である悠介と学生時代から仲のよかった貴也が、悠介に頼まれて見合いを引き受けると見せかけて、詩織の無鉄砲な行動を諫めた。そのついでに、期間限定の婚約関係を結んでくれたのだ。

そうやって婚約者になってくれた彼は、詩織の希望に添う形で、技術供与の交換条件として神崎テクノの体質改善を求め、詩織の父である社長派閥の後押しをしてくれている。

そのかいあって、神崎テクノは無事業績回復を果たし、詩織も社長令嬢の地位を維持できているわけで、すべては貴也のおかげだ。

理想的な王子様ともいえる貴也が詩織と婚約してくれた理由は……。

(同情……だよね)

あとは、結婚する気のない貴也が、家族の持ってくる見合い話を断る口実が欲しかったというのもあるだろう。

ちなみに貴也の両親は、仕事に忙殺される息子の将来を心配して見合いを勧めていただけなので、本人が望む結婚相手がいるのならそれを反対する気はないと、ふたりの関係を手放しで認めてくれている。

詩織の家族とも良好な関係を築いてくれていて、今では両家は家族ぐるみの付き合いをしているくらいだ。

そんな両親たちを最終的にはガッカリさせる結果になると思うと心苦しいのだけど、貴也が自分との結婚を望んでいないのだから仕方ない。

なんにせよ四年前のあの日、『さすがに結婚まではしてやれないが』と前置きした上で、『子どもを泣かしたお詫び』と言って貴也は詩織と婚約してくれたのだから、ふたりの関係がいつか終わるのは確かだ。

だから詩織は、彼との関係をなるべく人に知られないよう心がけている。

それなのに貴也の方は、かりそめの婚約者でしかない詩織を実の婚約者のように丁寧に扱ってくれているので対応に困る。

もちろんそれは、周囲に疑念を抱かせないための演技にすぎないのだろうけど。

わかっているはずなのに、貴也があまりに自然に婚約者として接してくれるから、詩織の胸の中ではくすぐったい感情が増殖してしまう。

でも子ども扱いされ、同情から婚約してもらっているだけの自分が、その感情に名前をつけるわけにはいかない。

それはきっと、貴也の迷惑になる。

(せめて貴也さんに、大人の女性として認めてもらいたいな)

だからまずは自立できるだけの強さを持とうと、両親の反対を押しきって就職して二年目。今はとにかくもっと仕事を覚えたい。

「ん？　どうした？」

エレベーターホールで昇降ボタンを押す生駒は、隣で小さくガッツポーズをつくる詩織に首をかしげる。

「いえ、自分を鼓舞しているんです」

自分の無意識の行動が恥ずかしくて、詩織は握りしめていた拳をほどいて手をヒラヒラさせる。

そんな詩織に「がんばれ」と声をかけ、生駒は到着したエレベーターに乗り込む。

「そういえば、今からどこを訪問するんですか？」

生駒を追いかけてエレベーターに乗り込む詩織の質問に、生駒は一階のボタンを押して答える。

「ウチの顧客じゃないんだけど、営業メール送ったら反応がよくて、説明を聞きたいって言ってもらえたんだ」

地道な努力が実って今日の会社訪問につながったらしく、階数表示を見上げる生駒の横顔は誇らしげだ。

「そうなんですね。なんて会社ですか？」

彼の表情から、相当大きな規模の会社なのだろうと推測しつつ聞く。

「テレビCMとかしてるサイガ精機っていう会社だ」

生駒の言葉に詩織の表情が凍りつくが、彼はそんなこと気づく様子もなく、若手タレントが起用されているサイガ精機のCMソングをご機嫌な様子で口ずさむ。

「あれ、知らないか？」

詩織の反応が悪いことに気づき、生駒が聞く。

もちろん知っている。なんだったら、そこの御曹司についてなら、営業内容を熟考してまとめたと胸を張る生駒より詳しいかもしれない。

「いえ、なんとなくなら知ってます」

思わずそう嘘をつき、詩織はぎこちなく笑った。


生駒とふたり、サイガ精機の受付で渡されたパスを首から下げた詩織は、そのままスタッフに会議室へと案内された。

会議室といっても、小規模な打ち合わせをするための部屋なのだろう。十人も入ればいっぱいといった感じの室内には、長机がひとつとそれを挟む形で四脚の椅子が向き合って設置されている。

廊下とアクリルガラスで区切られた会議室は、スクリーンカーテンで視界が遮られているが、窓からは都心の街並みを一望できる。

その眺めも含め、機能的だがしゃれた雰囲気を醸し出す会議室は、〝さすが大企業の本社ビル〟というひと言に尽きる。

「世界のサイガ精機って感じの、立派なオフィスだな」

並んで座る生駒も同じ考えだったらしい。

「ですね」

彼のささやきに、再度室内を見渡して詩織もうなずく。

一応の婚約者ではあるが、これまで詩織は貴也の職場を訪れた経験はない。だからサイガ精機が大企業だという認識はあっても、実際に訪れてみて、改めてその規模の大きさに驚かされる。

(貴也さんは忙しいだろうから、話を聞いてくれるのは別の人だよね)

現在、彼は専務の役職を務めていて、常に多忙を極めている。そんな人が、わざわざ営業の対応をするなんてありえない。

貴也以外の社員が対応してくれるのであれば、詩織の素性や貴也との関係がバレる心配はないので、自分は一介の営業として、生駒のサポート役を務めればいいだけだ。

最初こそ社名を聞いて戸惑った詩織だけど、ここまでの道中で気持ちが落ち着いて、そんなふうに考えをまとめることができた。

だから今は、おとなしくその時を待つことができている。

生駒とふたり行儀よく椅子に腰掛けて待機していたら、ほどなくしてドアをノックする音が聞こえた。

音に反応して背筋を伸ばすと、ドアが開き男性がふたり連れだって入ってくる。

小太りな男性と、細身で白髪交じりの男性、どちらも四十代から五十代といった印象である。ひとりがドアを押さえ、もうひとりが深く頭を下げる中、悠然とした動きで長身の男性が部屋へと入ってきた。

先に入ってきた男性ふたりより確実に若いその姿に、詩織は「あっ」と小さく声を漏らす。

仕立てのよい三つ揃《ぞろ》いのスーツに身を包んだ彼は、ふたりの社員を従えて大股に室内を進み、テーブルを挟んで詩織たちの前に立つ。

(貴也さん……)

ここは彼の会社なのだから、いても不思議ではないのだけど、〝どうして彼がここ詩織がポカンとした表情で見つめていると、一瞬視線を合わせた貴也は、ひっそりと口角を上げて笑う。

形だけとはいえ、四年も婚約者をしているのだ。その笑い方は彼が悪戯を楽しんでいる時のものだとわかる。

出会った頃から人目を引く存在感の持ち主であった彼は、三十一歳になった今、見目麗しい容姿はそのままに、深みのある大人の男の色気まで醸し出している。

神様にえこ贔屓されたとしか思えない、完全無敵の御曹司。そんな彼が一瞬だけ見せた少年のような表情は、かなり魅力的だ。

「お待たせして申し訳ない」

ポカンとした表情で見とれている詩織から視線を逸らした貴也は、すました顔で挨拶の言葉を口にする。

「こちらこそ、貴重なお時間をいただきありがとうございます」

隣の生駒が立ち上がり、すばやく頭を下げた。

一足遅れで、詩織もその動作をなぞる。

そしてそのままの流れで、名刺交換と簡単な自己紹介を進めていく。

貴也の名刺を受け取った生駒が、専務という肩書きを確認して小さく息をのんだのがわかった。彼も最初の商談で、これほど上の人間が出てくるとは思っていなかったのだろう。

「勉強のために同席させていただきます」

生駒に続き名刺交換をする詩織は、それを渡しつつ、貴也に『他人のフリをしてください』と視線で訴える。

「はじめまして」

差し出された名刺を受け取った貴也がそう言ってくれたので、詩織の思念は彼に届いたらしい。

でもその瞳には、相変わらず悪戯を楽しむ少年の輝きが宿っている。

せっかく真面目に働いているのに、貴也がいると、なんだか父兄参観をされているようで落ち着かないではないか。

とにかくここでは、お互い初対面のフリをするのが正解と、詩織も声に力を込めて「はじめまして」と挨拶をする。

その言葉にも貴也がニヤリと笑うので憎たらしい。

（意地悪……）

周囲に気づかれないよう注意しつつ貴也を睨むと、彼は小さく肩をすくめた。

「どうぞおかけください」

形式通りの挨拶を済ませ、貴也の勧めに従って着席する。すぐに生駒が自社のシステムの説明を始めた。

その話に貴也とふたりの社員は真剣な表情で耳を傾け、時折気になる点について質問を挟む。貴也は婚約者として詩織が知る顔ではなく、企業の重責を担うビジネスマンの顔をしている。

(認めるのは悔しいけど、貴也さんはやっぱりカッコイイ)

新鮮な思いで見つめていた詩織は、会議室の入口に佇む女性の存在に気がついた。

貴也が入室した後は、彼との無言の攻防に気を取られて気づかなかったが、いつの間にかひとりの女性が、話し合いに参加せずおとなしく戸口で待機している。

(綺麗《きれい》な人。……誰だろう?)

貴也たちが彼女の存在を黙認しているということは、ここの社員なのだろうか。

女性にしては長身でほっそりとした体形をした彼女は、女性的な体のラインを強調させるデザインのスーツに身を包み、スカートのスリットからは美脚がのぞいている。

着る人によっては下品な印象を与えかねないデザインのスーツを、彼女は品よく着こなし、大人の女の色気まで醸し出している。肩のラインで切りそろえられた髪は、黒く艶やかで癖がなく、メイクや服装と同様に隙がない。

まだまだ学生っぽさが残る詩織とは違い、洗練された色香を漂わせる完璧な大人の女性といった感じだ。

この先何年がんばっても、自分は彼女のような大人の女性になれる気がしない。言いようのない敗北感に襲われる詩織は、彼女の眼差しが、貴也ひとりに注がれていることに気づいた。

どういった感情を抱けばいいのかわからないけれど、見てはいけないものを見たのではないかという気分になる。詩織が慌てて視線を逸らそうとした時、相手の女性がこちらに視線を向けてきた。

彼女は詩織の姿に視線を巡らせると、あからさまな侮蔑の笑みを浮かべてスッと視線を逸らす。

社会人として、人間として、あぜんとするしかない彼女の態度に、一瞬硬直した詩織だけど、紙をめくる乾いた音で気持ちを切り替え、目の前の商談に集中する。

「なるほど……」

資料に視線を落とす貴也がつぶやく。

貴也の脇に控えるふたりの社員は、彼の一挙手一投足を見逃さないかのように緊張した面持ちで反応をうかがっている。

それを見れば、貴也がこの会社においてどれほど重要な存在なのかがわかる。

(なんだか変な気分)

婚約して四年、貴也とは月に数回はふたりで食事や観劇を楽しむ時間をつくっているし、互いの家も行き来している。

濃密な男女の営みこそないが、それなりに親しい距離感にいる彼の知らない一面に触れて、妙に心がざわつく。

「以上になりますが……」

緊張しつつひと通りの説明を終えた生駒が、上目遣いに相手の反応をうかがう。

「なにかご不明な点でもありましたでしょうか?」

黙って相手の反応を待つ生駒に代わりに、そう声を発したのは詩織だ。

よく通るその声に、周囲の視線が集中する。

詩織は背筋を伸ばし、この場での主導権を握る貴也をまっすぐに見つめ返した。

貴也がなにを考えているのかわからないけれど、詩織は仕事としてこの場所に来ているのだから、やるべきことはわかっている。

社会人二年目とはいえ、日々研鑽《けんさん》を重ねている。これまで学んできた知識をもとに、必要な説明をしていけばいい。

背筋を伸ばして質問を待つ詩織にチラリと視線を向け、貴也が資料を指さす。

「そうだな……この使用項目の集計、クラウドで管理する場合、集計情報のアクセス権の管理はどうなりますか？」

「それは……」

慌てて資料をめくる生駒を手の動きで制して、貴也が目の動きで詩織に先を促す。

つまり貴也が知りたいのは、詩織の仕事への理解度なのだろう。

チラリと隣の生駒の表情をうかがうと、詩織に任せるとアイコンタクトを送ってくれる。詩織の成長を認めてくれているのだ。

それなら望むところと、詩織は微かに口角を上げて説明を始めた。

その夜、帰宅した詩織は、家族と暮らす神崎家の玄関ホールに揃えられた革靴に目を留めた。

父である篤の物にしてはしゃれたデザインのそれは、大学生である弟の海斗《かいと》が履くにはハイブランドすぎる。

なにより詩織は、イタリアの職人技と粋なセンスを感じさせるその靴を履いた人に昼に会っている。

「貴也さん、今日のあれは、なんなんですかっ！」

仕事中はこらえていた感情を爆発させるように抗議しながらリビングに飛び込むと、ソファーに体を預けて篤と酒を飲んでいた貴也が「おかえり」と手にしていたグラスを掲げた。

そんな貴也の向かいで、同様にグラスを傾ける篤が「帰ってくるなり元気がいいな」と鷹揚に笑う。

「詩織、なんですかその言い方は。それにまずは、お父様と貴也さんに帰宅のご挨拶をなさい。それから手を洗って身だしなみを整えて、話はそれからでしょう」

リビングと続き間にあるキッチンから姿を見せた母の牧子《まきこ》は、詩織をそうたしなめるとふたりのためのつまみをのせたトレイを運ぶ。

「すみませんね。まだまだ子どもっぽさが抜けなくて」

楚々とした笑みをこぼし詩織の代わりに詫びる牧子は、ソファーテーブルにつまみをのせた皿を置く。

「いえ。いつも元気で、見ていて飽きないですよ」

そんなフォローのされ方をすると、貴也に詩織は子どもなのだから仕方ないと言われているようでおもしろくない。

「ただいま戻りました。着替えてまいります」

詩織の両親は、彼女が社会に出て働いているという状況に、あまりいい印象を抱いていない。

そんな両親の前で、貴也にあれこれ質問するのは避けるべきだろう。

貴也に言いたい言葉をのみ込んだ詩織は、ぷいっと三人に背中を向けた。

そのままリビングを出ていこうとしたら、背後からペタペタとスリッパを履いた足音が近づいてくる。振り返ると、すぐ背後に貴也が立っていた。

「貴也さん？」

なにか用だろうか？

「荷物、部屋まで運ぶよ」

貴也はそう言うと、詩織が肩にかけていたバッグを取り上げる。

「自分で運べます」

バッグを取り返そうと手を伸ばすが、「詩織」と牧子がまたたしなめる。

「せっかくなのだから、貴也さんのご好意に甘えておきなさい」

「そうだ。貴也君も詩織とふたりだけで話したいこともあるんだろう」

母の小言に父も続き、ふたりで視線を合わせて意味深に笑う。

ふたりがなにを言いたいのか察しはつく。

詩織が大学を卒業してすぐにでもふたりの結婚を……と願っていた両親としては、そろそろこの先の人生プランについて話し合ってほしいのだろう。

悠介の紹介で出会った詩織に貴也が好意を抱き、付き合うようになって婚約に至った。というつくり話を信じ込んでいる両親は、婚約したはいいが、ちっとも進展のないふたりの関係にやきもきしている。

(私と貴也さんが真面目に話し合うと、どのタイミングで婚約を解消しようかという打ち合わせになるだけなんだけど……)

ふたりの関係に疑いを持っていない両親に、もちろんそんなことは言えない。

だけど結婚には双方の合意が必要なのだから、これぱかりはどうしようもない。

それはさておき、今日の詩織には貴也とふたりだけで話したいことがあるのも事実。

「じゃあ、お願いします」

「了解」

ぶぜんとした表情で詩織が頼むと、貴也が癖のある笑みを浮かべてうなずく。

「貴也さん、今日のアレはなんだったんですか？」

自室に向かうべく階段を上る詩織は、その途中で足を止めてうしろに続く貴也を睨んだ。

「アレ？」

涼しい顔でとぼけてくる貴也に、ギリリと奥歯を噛んで詩織が返す。

「今日の会社訪問です」

「ああ……たまたま目にした営業メールの中に、詩織の勤めている会社の名前を見つけて、興味を持ってな。詩織、ちゃんと仕事してて偉いな」

大人が子どものお手伝いを褒めるようなその口調がおもしろくない。

ついでに今日、自分に侮蔑の視線を向けてきた彼女の存在を思い出した。

「そういえば、秘書の静原《しずはら》さんって、女の人だったんですね」

サイガ精機の会議室で、彼の質問に答える形で説明を続けていると、三十分ほど時間が過ぎたタイミングで戸口に控えていた女性がこちらに歩み寄ってきた。

そして親しげな様子で貴也の耳もとに顔を寄せ、口もとを手で隠してなにかをささやいた。

彼女の言葉に反応して貴也が自身の腕時計を確認したので、内容としては『そろそろお時間です』といった程度のものだったのかもしれない。

だけど静原に話しかけられた瞬間、貴也が照れくさそうに微笑み返したのを詩織は見逃さなかった。

ふたりの近すぎる距離感やその表情から、彼らの間にはなにか特別な関係があるのではないかと勘ぐってしまう。

それに貴也と密着する彼女のネームプレートに記載された〝静原明日香《あすか》〟という名前を目にして、詩織は彼女が誰であるかを理解した。

これまでの何気ない会話の中で、貴也の秘書の名字が静原であることは承知していた。ただ貴也は自分の秘書について語る時〝静原君〟と呼び、その人について『背が高い』とか『しっかりしている』といった表現ばかり口にしていたので、詩織は勝手に男性だと思っていたのだ。

たしかに静原は、女性にしては背が高い方だ。だけど彼女を形容する場合、身長より先に触れるべきなにかがあったように思う。

すごく綺麗な女性――そのひと言を省いた貴也に、ひどい裏切りを受けた気がしてしまう。

サイガ精機の会議室で、ふたりの親密な雰囲気を見てしまった後ではなおのことだ。

だからといってその不満を口にするのは、自分が未熟だと認めるようで悔しい。

言葉にできないグチャグチャとした感情を視線に込めていると、貴也は顎に指を添えてしばし考える。

「言ってなかったか？」

貴也は、軽く片眉を上げた。

その表情を見れば、彼は本気で秘書の性別など気に留めていないのだとわかる。

相手がそんなふうだから、あれこれ気にしている自分が稚拙《ちせつ》だと言われているみたいで余計に恥ずかしくなるではないか。

「別にどうでもいいですけど」

詩織は、プイッと顔を逸らしてそう話を打ち切ろうとした。

そのまま階段を駆け上ろうとした詩織の手首を、貴也が掴む。

「えっ？」

手首に触れた彼の体温に驚いた詩織が視線を戻すと、貴也がいつになく真剣な眼差しを向けてきた。

「俺も、お前に話がある」

「な、なんの話ですか?」

いつになく硬い彼の声に、思いあたる節がなくても怒られるのではないかと身構えてしまう。

思わず唾を飲み込む詩織に、貴也が言う。

「さっき篤さんから聞いたんだが、帰りがこのくらいの時間になることが時々あるそうだな」

その言葉に、腕時計を確認すると、時刻は午後八時過ぎを示している。

「資料の作成をしていたら、会社を出るのが少し遅くなっただけです。電車の乗り継ぎのタイミングが悪いと、どうしてもこのくらいの時間になっちゃうんです」

詩織の家があるエリアは、高級住宅地としてかなり長い歴史があり再開発が難しく、交通アクセスが少々悪い。

自宅と職場が離れていて、路線の乗り換えが必要なため、予定していた電車を一本乗り過ごしただけで帰宅時間が大幅に遅れる事態がまま起きる。

その件に関して、両親にもいつも渋い顔をされている。

「ふたりとも、詩織は朝早く出かけて帰りが遅いことが多いと嘆いていたぞ。この辺は閑静で、夜になると人通りも少ない。暗い夜道を若い娘がひとりで歩くなんて……

と心配していたが、俺も同感だ」

もともより詩織の両親は、詩織に就職などせず早く貴也と結婚してほしいと願っているので、詩織の帰りを待つ間に貴也に大げさに話したのかもしれない。

ただでさえ、今日の商談の際に父兄参観の保護者よろしく振る舞われただけに、これ以上いろいろ言われるのはおもしろくない。

「貴也さん、お父さんみたいですね」

詩織の方が階段の上段にいるため、いつも見上げているばかりの彼の視線を対等な位置で捉えられる。その段差を利用して、視線に気迫を込めて貴也を牽制《けんせい》する。

形だけとはいえ、自分は彼の婚約者だ。娘や妹などではないのだから、これ以上、保護者よろしく子ども扱いしてほしくない。

「なっ」

詩織の言葉に、貴也は衝撃を受けた表情で口をパクパクとさせている。

（やっぱり子ども扱いしていたんだ）

彼と対等の立場になりたくて、両親の反対を押しきって自力で就職先を探し、今日までがんばってきた。

それなのに貴也の目には、いまだ危なっかしくて手のかかる妹のような存在に映っているらしい。

今日、静原との親密なやり取りを目にしたこともあり、詩織の成長や努力を理解してくれない貴也の態度が癇にさわる。

「貴也さん、今日の私を見て思うところはないんですか？　会社に出て働く私の姿を見て、なにか気づきませんでしたか？」

「気づくこと？」

もっと自分の成長を認めてほしい。

そんな思いを込めて見つめていると、詩織の言葉にしばし考え込んだ貴也が、ハッと息をのむ。

（少しはわかってくれたのかな？）

「一緒にいた男性社員と、お互いフォローし合っていたな」

よくぞ気づいてくれましたと、詩織は満面の笑顔でうなずく。

新人の頃は、一方的にフォローしてもらうばかりだった詩織だが、最近は生駒のサポートに回る場合もある。

やっと成長を認めてもらえたと、詩織ははにかみつつも胸を張った。

対する貴也の方はといえば、なんだか表情が硬い。さんざん保護者ぶってきた身としては、詩織の成長を認めるのが悔しいのかもしれない。

「やっと、わかってくれましたね」

これで少しは大人の女性として扱ってもらえるかもしれない。

そんな未来を想像して、詩織は階段の途中で動きを止めた貴也から自分のバッグを取り返すと、弾むような足取りで自室に駆け込む。

そして自室の照明をつけ、着替えの準備をしようとクローゼットを開こうとした時、背後でノックの音が響いた。

振り返ると、返事を待たずに扉を開けた貴也が、戸口に肩を預けてこちらに視線を投げかけている。

その表情が、いつもの彼とどこか違っているように思えるのは気のせいだろうか。

「着替えたいんですけど？」

「少し話したら出ていくよ」

貴也はそう言って、部屋の中に入ってきた。

いつもの彼なら、返事を待たずに扉を開けたり、こちらの了承を得ずに入室したりはしない。

らしくない行動に、詩織は戸惑い、クローゼットの扉に背中を預けた。

部屋に入ってきた貴也は、そのまま詩織に歩み寄り、左腕をクローゼットに押しつけてこちらへと顔を寄せる。

いわゆる壁ドンの姿勢で詩織の退路を塞ぐ貴也は、あきらかに不機嫌な空気をまとっている。

「話はまだ終わってない」

詩織の左耳に顔を寄せる彼の声は苛立ちを含んでいて、いつもと雰囲気が違う。

よく知っているはずの貴也の声なのに、知らない人に耳もとでささやかれているような錯覚を覚えて緊張が走る。

「な、なんの話ですか？」

こんなに密着して話す必要はないと、詩織は貴也の胸を必死に押すが、圧倒的な体力差があるので彼の体はびくともしない。

「婚約者として、フィアンセの帰宅時間が遅いことを心配していると話している途中だっただろ？」

それはさっき説明したではないか。

無駄な努力とは理解しつつ、詩織は貴也の胸を押しながら言う。

「朝早く出かけるのは、家と会社が離れているんだからしょうがないんです。それに帰りが遅いっていっても、社会人としては許容範囲内の時間には帰宅しています」

必死に腕に力を込めているのに、貴也の体はびくともしない。それどころか、貴也はもう一方の腕もクローゼットに押しつけて詩織を完全に包囲する。

「この程度の腕力しかないんだから、心配するだろ」

自分の腕の中でもがく詩織に、貴也が不機嫌に息を吐いた。

どうやら彼がやたら体を密着させてきていたのは、詩織の腕力のほどを試したかったらしい。

「もしかして、私に仕事を辞めるよう説得してほしいと両親から頼まれましたか？」

彼の体を押しのけることをあきらめた詩織が、そのままの体勢で聞く。

この四年で神崎テクノは危機的状況を脱し、社内紛争も収まりつつあるし、後継者になる予定である弟の海斗も来年の春になれば就職する。

詩織としては、そろそろ貴也の助けがなくても大丈夫ではないかと思っているのだけど、悠介に言わせれば、まだまだサイガ精機の後押しは必要不可欠だとか。

そんな微妙な状況のためなのか、純粋に娘の幸せを望んでのことなのか、詩織の両親はやたら結婚を急かしてくる。彼らの目には、仕事が結婚の妨げに映るらしく、帰りが遅い日が続くと仕事を辞めてはどうかと言い出すのだ。

今日も詩織の帰りを待つ間に、きっとそんな話題が出たのだろう。

「両親がなんて言っても、私は仕事を辞める気はないです。貴也さんに助けてもらわなくても大丈夫だと言えるようになりたいんです」

貴也の目をまっすぐに見上げて、詩織は自分の思いを告げる。

良家の娘に産まれたからといって、その暮らしが一生涯保障されるとは限らないのだから、誰かに依存するのではなく、自分の力で生きていける強さを身につけたい。

そうやってひとりの大人の女性として生きる力をつけた後でなら、長年胸に燻る彼への思いを、言葉にして伝えてもいいだろうか。

そんなことを考えていると、貴也が険しい表情で問いかける。

「詩織にとって今の仕事は、ご両親に心配をかけてでも続ける価値があるものなのか?」

詩織の思いには気づかず、両親の側に立つ貴也の言葉にカチンとくる。

そもそも貴也と自分の関係は、かりそめのものなのだ。保護者よろしく、詩織の仕事に関してあれこれ口出ししてほしくない。

「どうせ私たちは結婚しないんだから、貴也さんには関係のない話です」

詩織の言葉に、貴也がグッと息をのんだのがわかった。

これ以上保護者目線でなにか言わせはしないと、詩織が睨んでいると、貴也の眉間に深いしわが刻まれる。

「わかった」

自分の中にたまる感情を出すように深く息を吐いた貴也は、詩織との距離を適切なものへと戻す。

「詩織の両親には、俺からも『今は仕事が楽しくて仕方ない時期だと思うから、静かに見守ってやってほしい』と頼んでおく」

「ありがとうございます」

貴也がそう言ってくれれば、両親も納得してくれるだろう。

詩織が表情を輝かせてお礼を言うと、貴也は癖のある笑みを浮かべた。

その笑顔にイヤな予感を感じて、詩織は思わず身構える。

両親が絶大なる信頼を寄せるこの婚約者様は、常識人に見えて、時々とんでもない悪ガキの顔を覗かせるのだ。

四年前、さんざん翻弄された後で婚約してもらった身としては、貴也の笑顔に警戒心が働く。

「そのついでに、ご両親の不安を減らすためにも、詩織の通勤の負担を減らす目的で、都心にある俺のマンションに引っ越した方がいいんじゃないかと提案しておく」

詩織の予想通り、貴也はとんでもないことを口にした。

「……はい？」

想定外の言葉に、思考がフリーズして彼の言葉が頭に入ってこない。

キョトンとした表情で瞬きを繰り返す詩織を見て、貴也は悪戯を成功させた少年のように屈託のない笑顔を見せた。

「そんなわけだから、今週末にでもウチに引っ越してくるといい」

「はい？」

「先ほど篤さんから、来週から詩織の会社は夏季休暇に入ると聞いた。新生活を始めるのに、ちょうどいいタイミングだろ」

それだけ言うと、貴也は軽く右手を振り部屋を出ていく。

扉が閉まり、階段を下りていく足音が聞こえてくる頃になって、詩織の思考はやっと言葉の意味を理解する。

つまり、形だけの婚約者にすぎないはずの自分は、貴也と一緒に暮らす運びとなったらしい。

「えぇぇっ！」

誰もいなくなった部屋に、詩織は絶叫を響かせた。

◇◇◇

神崎家を訪問した週の金曜日の夜、貴也はリズミカルな足取りで地下へと続く階段を下りていく。

小さな金属プレートに筆記体で店名を綴っただけのそっけない店構えの扉を開けると、バリトンサックスの技巧が際立つジャズが聞こえてくる。

オフィス街の片隅、存在を認識していなければ足を向ける気にもならない目立たない場所に構えるこの店は、会員制バーのため人に聞かれたくない話をするのにちょうどいい。

といっても今日の貴也は、重要な商談があってこの店を訪れたわけではなく、人に聞かれたら『いい年をした男がなにを……』と苦笑いされそうな話をするためだ。

「斎賀」

薄暗い店内に目が慣れるより早く、自分の名前を呼ぶ声が聞こえた。

そちらに視線を向けると、カウンターの隅に座る悠介がグラスを掲げて合図を送る。

「待たせたな」

軽い口調で詫び、隣に腰を下ろした貴也は、バーテンダーにウイスキーのロックを注文する。

「俺もさっき来たところだよ」

そうは言うが、悠介の手もとにあるグラスには水滴が浮かび、酒も氷が溶けてかなり薄まっているようだ。

相手を気遣って下手な嘘をつくところは、詩織に似ている。

ついでに言えば、互いの母方が姉妹だという悠介は、すっきりとした鼻筋や、二重の目の形も詩織と似ている。

性別や年齢の違いもあり、普段はそれほど意識が及ばない些細な類似点を見つけると自然と心が和む。

そんなどうでもいいことで幸せを感じてしまうくらい、自分にとって詩織は特別な存在なのだ。

「なんかニヤついてるな。キモいぞ」

こちらをチラリと見やり、悠介が言う。

「うるさい。三十過ぎて普通に『キモい』とか使うやつに言われたくない」

軽口を返して、貴也はバーテンダーから受け取ったグラスを口に運ぶ。

サイガ精機の重責を担う普段の自分ではありえない砕けた口調に、悠介は苦笑いを浮かべてグラスを傾ける。

そうやって互いに喉を潤わせたところで、悠介が本題を切り出す。

「詩織と同棲を始めるそうだな。おかげで神崎家は大騒ぎだぞ」

明日はいよいよ娘の引っ越し日のため、今日の神崎社長は仕事にならなかったと悠介が笑う。

四年前のリコールが引き金となり勃発した神崎テクノの内部紛争で、献身的に神崎社長を支えた悠介は、現在社長秘書を務めている。

公私にわたり神崎家の内情を知り尽くしている彼の話によれば、突如同棲が決まった詩織のために、彼女の両親が嫁入り道具と見紛うような品を揃えようと大騒ぎしているらしい。

「俺の住む家に詩織を迎え入れるだけだから、詩織が必要な日用品だけでいいって伝えてあるんだけどな」

仕事で娘の帰りが遅くなると心配する神崎夫妻に、それならば婚約者として自分が暮らすマンションに住まわせてそこから通勤させてはどうかと提案したところ、前のめりに快諾してくれた。

そのため着替えを済ませた詩織がリビングに戻ってきた頃には、ふたりの同棲は決定事項として話が進んでいたのである。

あの時の詩織の戸惑う表情を思い出し、貴也は静かに笑う。

そんな貴也の表情を横目でうかがっていた悠介が、遠慮がちに問いかけてくる。

「詩織のこと、悪いようにしないよな？」

言葉の意味するところがわからず視線で問いかけると、悠介はグラスを回し、氷が溶けてなくなった水面に波紋をつくって遊ぶ。

「お前には本気で感謝している。今の神崎テクノがあるのは、お前のおかげだ。だから、俺が言えるような立場じゃないのは十分わかってる。だけど……」

ボソボソ歯切れ悪く話す悠介は、残っていたアルコールを一気に飲み干して言う。

「それでも、なんていうか……親同士が仲いいから、詩織は俺にとって妹みたいな存在で、なるべくは幸せな人生を送ってほしいんだ」

悠介がなにを言いたいのかはわかる。

四年前、この悠介が従妹の無謀な行動を止めてほしいと頼んできたのがすべての始まりだったのだから。

当時、大学時代の友人である悠介に頼みがあると呼び出された時は、てっきり神崎テクノへの支援についてだと思っていた。

それなのに久しぶりに顔を合わせた旧友は、自分も窮地に追い込まれているはずなのに、その話はそっちのけで従妹の無茶を止めてほしいと懇願してきたのだ。

キッカケが酔った悠介の軽口にあるだけに、本気で責任を感じているのだと。

そんな悠介の姿に、貴也は神崎テクノを助ける気になった。

本当は、悠介をサイガ精機の支援を決定事項にするためのキーパーソンにすえれば、別に自分と詩織が婚約する必要はなかった。

それなのにあの日、少し脅して、無茶な行動を諌めるだけでよかった詩織に婚約を提案したのは……。

「俺もだよ」

「え?」

次の飲み物を注文していた悠介は、貴也がなにを言いたいのかわからないと言うかのように首をかしげる。

キョトンとする表情はやっぱりどこか詩織に似ているし、肝心なところで鈍い性格など、遺伝子レベルでのつながりを感じてしまう。

恥ずかしいので一瞬無視してやろうかと思ったが、悠介はこちらに視線を向けて言葉を待っている。

それで仕方なく、貴也は口を開いた。

「俺も、詩織にはなるべく幸せな人生を送ってほしいと願っている」

ついでに言えば、詩織を幸せにするのは自分でありたい。

最初その気持ちは、年長者の庇護欲といったもので間違いなかった。初対面の彼女はたしかに整った顔立ちをしてはいたが、まだ幼さが残っていて、とても恋愛対象にはならなかった。

ただ、大事な家族のためにならと自分を犠牲にしようとする詩織は健気そのもの。試すように彼女の家族を悪く言った際、向けられた迷いのない眼差しは印象的で、貴也の興味を引いた。

交渉に必要な駆け引きの知恵も持たず、勢いだけで自分のもとに飛び込んできた彼女には、無垢で純粋すぎるゆえの危なっかしさが見て取れた。ほうっておいたら、ほかの誰かに傷つけられてしまうのではないかと心配になった。

今思えば、それが恋心の始まりだったのだろう。

そんな後づけの感情を口にするつもりはないと、貴也は酒で唇を濡らす。

「最初、詩織に婚約を提案したのは、彼女がもう少し大人になるまで守ってやった方がいいかと思ったからだったのにな」

それなのに気がつけば、当初とは異なる感情で、大人になった彼女を手放せなくなっている。

あきらめの心境で胸の内をさらすと、貴也の話を聞き終えた悠介がポカンとした表情を浮かべる。

瞬きするのも忘れてこちらを見つめていた悠介は、新たなグラスがカウンターに置かれる音を合図にしたようにこちらに身を乗り出してくる。

「え、なにそれ、そういうことなの？　いつから？」

いくら詩織に似た面立ちをしているといっても、男の顔を間近に寄せられてもうれしくない。悠介の顔をグイッと押し返す。

「いつからって……」

明確な時期はわからないが、詩織が就職した頃からのようには思う。

もし詩織が自立を考えず、神崎テクノのご令嬢として花嫁修業でもしていれば、折を見て婚約解消したかもしれない。

両親の反対を押しきって、強い意思を持って社会に出ていく彼女の姿に惹かれていった。

四年前に家族のことを思い、貴也に見合いを持ちかけてきた詩織は、いざという時は自分で自分の進む道を決められる芯の強さがある。

その強さが彼女の魅力で、蕾《つぼみ》が大輪の花を咲かせるように、日々、魅力的な大人の女性に成長していく姿に目が離せなくなっていた。

それでも突然彼女との同棲を提案した理由は……。

「職場の先輩と一緒に商談に来た詩織の姿を見て、思うところがあってな」

先輩らしき男性社員のサポートを受けながら、よどみなく話す詩織の姿に惚れ直すとともに、男性社員との距離感が気になった。

あの時、貴也が質問を投げかけると、詩織と相手の男が意味深に目配せしたように思えたのは気のせいだろうか。

打ち合わせの間ずっと、息の合ったふたりのやり取りに心をかき乱されていたということは、恥ずかしくて誰にも言えない。

おかげで秘書の静原に『そろそろお時間です』と声をかけられた時、一瞬彼女がなにを言っているのかわからず、妙な愛想笑いを浮かべてしまった。

詩織に同伴してきた生駒とかいう社員は、貴也よりは若く、詩織よりは年上といったところだろう。背が高くこざっぱりした見た目で、頭の回転が早く、いかにも営業のホープといった感じだった。

いつも職場で顔を合わせる頼りになる先輩というのは、女性からするとかなり魅力的な存在に映るのではないだろうか。

その辺の探りを入れるため、その日の夜に彼女の家を訪れたところ、詩織に『お父さんみたい』と牽制された上、はにかむ笑顔で『なにか気づきませんでしたか？』と問いかけられて焦った。

揚げ句の果てには『やっと、わかってくれましたね』と言われてしまえば、もう冷静ではいられない。

それはつまり、隣にいた先輩社員と仲よく仕事をしているのだから、邪魔しないでくれという意味なのだろう。

詩織の性格を考えれば、かりそめとはいえ婚約者がいる状況で、生駒と付き合っているとは思わない。

とはいえ、毎日職場で顔を合わせる頼れる先輩と、たまに会う形だけの婚約者では、確実にこちらの分が悪い。

詩織が職場の先輩を慕う気持ちが恋心に成長してしまわないよう、彼女には婚約者である自分の存在を常に意識していてほしい。

形だけの婚約者という糸のように細い関係にすがってでも、彼女の心をつなぎ止めておきたいのだ。

詩織の通勤距離を口実に同棲を提案したのは、そんなくだらない嫉妬と独占欲の現れだ。

苦い表情でグラスを傾けつつ、そんな胸の内を明かす貴也は、最後に「絶対に詩織に言うなよ」と、釘を刺すのを忘れない。

「なんでだよ？　アイツ、お前に懐いているから、聞いたら喜ぶのに」

そう言ってニヤニヤした笑みを浮かべる悠介に、貴也は「だからだよ」とため息をつく。

貴也だって、自分が詩織に嫌われているとは思っていない。というより、ある程度の好意を持ってもらえていることは感じている。

だけどそれは、雛《ひな》の刷り込みに近い感情である可能性が高い。

その証拠に、これまで詩織から自分に〝好き〟といったニュアンスの発言を向けられたことがない。

「俺の方から明確な好意を示すと、アイツの選択肢がなくなるだろ。せめて神崎テクノの業務改善が終わるまでは、俺から口説くわけにはいかない」

今の状況ではどうしても詩織の方に、助けられているという負い目が生じるだろう。

以前に比べて神崎テクノの経営状況はかなり回復した。とはいえ、まだまだ不安要素が残っており、サイガ精機の支援ははずせない。

そんな状況で貴也の方から口説けば、彼女にはそれを承諾するしか選択肢はない。

こちらに好意を寄せている詩織なら、それを愛情と錯覚して自分を受け入れてくれるだろう。

職場の先輩に寄せている信頼が愛情に育たないようにと、姑息な手段に出ておいて言えた身ではないが、それでも自分が欲しいのは、憧れや感謝の念ではなく、男女としての対等な愛情なのだ。

「真面目だな」

目を細めグラスを傾ける悠介は、「俺も恋がしたい」とぼやく。

詩織に似た顔立ちの悠介は、学生時代から華のある存在で、女性人気も高かった。

だがこの人のよさが災いして、恋愛に関しては、いい人どまりで終わってしまうのだとか。

ついでに言うと、すべてにおいて、のらりくらりしていてやる気に欠ける。

（基本、コイツもお坊ちゃん気質なんだよな）

「お前がもっとやる気を出して、神崎テクノを立て直してくれれば、その時は告白するさ」

貴也は、賢いはずなのにどこか頼りない友人に喝を入れる。

このひと言のために恥ずかしい胸の内をさらしたというのに、件の友人は、視線を逸らしてとぼけているので腹立たしい。

とはいえ、貴也は彼のこの性格が嫌いではない。

「まあ、ふたりの距離感を改めるところから始めてみるよ」

貴也はそう言ってグラスを傾けた。

ふたり暮らしの始め方

貴也宅への引っ越し当日。業者が運び込んだ荷物を前に、詩織は床にへたり込んでうなだれていた。

「ありえない……」

唐突な展開で貴也と一緒に暮らす流れになったけど、会社勤めをする詩織にはその準備をする時間がない。だからそれを口実に、引っ越しの延期を申し出ようとした。

だけど貴也の提案に歓喜していた詩織の両親が、彼の厚意を無下に扱うなんてありえないと青ざめ、詩織に代わり引っ越し荷物の準備をしておくと言って譲らなかった。

彼とひとつ屋根の下で暮らすなんて恥ずかしいという気持ち半分、一緒にいる時間を増やすことで彼のことを知りたいと思う気持ち半分で揺れていた詩織は、両親のその勢いに背中を押されたような気がしてすべてを任せることにしたのだ。

だけど……。

「ウチの両親、なにを考えているのよ」

詩織がそんな恨み言を口にするのは、貴也が詩織の個室にとあてがってくれた部屋に運び込まれた調度品の絢爛《けんらん》さだけでなく、母が選んだらしき衣服のセンスにもある。

通勤時間の短縮を目的としての引っ越しなのに、運び込まれた荷物の中には、新調した留袖の着物をはじめとした礼服や装飾品の数々が詰められていた。

それだけでも『嫁入り道具じゃないんだから』と文句を言いたくなるが、その上、母のセレクトと思われる華やかなレース使いの下着や、煽情的なデザインのナイトウエアに至っては、目眩《めまい》に襲われて声も出せない。

これまで一緒に暮らしてきたのだから、詩織の下着の好みや、寝る時はパジャマを着用するぐらい知っているはずなのに。

貴也にそんなつもりがないとわかっているだけに、どう考えても嫁入り道具としか思えないすべての品々が恥ずかしい。

半分ほど荷解きしたところで、いろいろ考えるのがイヤになってきていた詩織は、思考を放棄するように自室を出た。

するとその気配を察したのか、「用があれば呼んでくれ」と言ったきり書斎にこもっていた貴也が廊下に顔を出す。

「片づけ、終わったか？」

そう問いかけてくる彼は、パソコン作業をしていたのか、ブルーライトカットの眼鏡をしている。無造作に髪を遊ばせ、シャツの胸もとをはだけさせている彼は、レアな眼鏡姿もあいまって無駄にセクシーだ。

初めて目にする彼の姿に見惚れていると、貴也がどうかしたかと言いたげに軽く首を傾ける。その何気ない仕草さえ香り立つような男の色気にあふれていて、詩織は頬を熱くした。

今さらだけど、こんな完璧な男性とひとつ屋根の下で一緒に暮らして、自分の心臓は大丈夫なのだろうかと不安になる。

「えっと……片づけは全然終わってないんです。ていうか、いろいろとっ散らかって、収集つかない感じです。……でもちょっと疲れちゃって」

なにをどう説明すればいいかわからず、そんな言葉でごまかすと、貴也がやわらかく笑う。

「急ぐ必要はないさ。気分転換に外でお茶でもするか」

そう言うと、貴也は書斎に引き返していく。

「貴也さん、忙しいんじゃないですか？」

「詩織が部屋に入るなって言うから、暇つぶしに資料の整理をしていただけだ。気分転換をしたいのは俺の方かもな」

彼の後を追って書斎に顔を出す詩織に、眼鏡をはずして髪をかき上げる貴也が優しく目尻にしわを寄せる。

そんなふうに言ってもらえると、詩織に断わる理由はなくなる。

「じゃあ、私も身支度してきます」

今の詩織は、引っ越しのため動きやすいズボンとTシャツというラフな格好で、メイクもほとんどしていない。

せっかく貴也と出かけるなら、もう少しかわいい自分でありたいと、詩織は足早に自分の部屋に引き返していく。

「慌てなくていいよ」

そんな詩織の背中に、貴也のやわらかな声がかけられた。

気分転換にと貴也が詩織を連れ出したのは、川沿いに建つ個人経営のカフェだった。

開店時間が早いので、貴也は出勤前にこの店で朝食を取る日も多いのだという。

「出勤する前に、一緒にモーニングを食べるのも悪くないな」

葛切りを使った和風スイーツとラテを楽しむ詩織の向かいで、ブラックコーヒーを飲む貴也が言う。

その言葉に、詩織は手にしていたスプーンを落としそうになる。慌てて握り直したら貴也が怪訝な眼差しを向けてくるので、なんでもないと首を横に振る。

言葉にするのは恥ずかしいので言えないけど、彼の日常に自分の存在が溶け込んでいくのがうれしいのだ。

「いいですね」

照れた表情を浮かべる詩織に、貴也はホッとした表情を浮かべる。

まるで、詩織が彼と一緒にこの店で朝食を取るのを断る可能性に怯えていたようだ。

なぜ彼がそんな顔をするのかわからない。

詩織は貴也の反応を不思議に思いつつ、店内に視線を巡らせて、この店で彼と一緒に朝食を取る自分の姿を想像した。

そのままふたりで小一時間ほど雑談を楽しみ、店を出る頃、街には人混みが増えていた。

時刻は午後三時過ぎ。貴也のマンションがある周囲には商業施設も多いためか、路地は買い物袋を下げた人で賑わっている。

「人が多いな」

店を出た貴也はそうつぶやくと、自然な仕草で詩織の手を取った。

彼の長い指が、詩織の手のひらに触れたかと思うと、そのまま互いの指を絡ませていく。指の間に互いの指を組み合わせる、いわゆる恋人つなぎと呼ばれるやつだ。

密着させた手のひらから伝わる彼の体温に、詩織の心臓が大きく跳ねた。

そんなふうに手をつなぐのは初めてで、戸惑いを隠せない。

詩織がドキドキしながら見上げると、貴也がふわりと笑って言う。

「人が多いから」

そして『だから手をほどいちゃだめだよ』といった感じで、絡める指に力を込める。

詩織が恥じらいつつもコクリとうなずくと、貴也はそのまま歩き出した。

マンションに戻った詩織は、仕事の続きをするという貴也と書斎の前で別れて引っ越しの片づけを再開した。

カフェを出た時に人混みを理由につないだ手は、マンションの玄関を潜るまで解くことはなかった。

だから離れた今も、彼が自分のそばにいてくれているようでくすぐったい。

「なんだか、うまくいくかも」

自室でひとり、手をグーパーさせて詩織がつぶやく。

貴也に同棲を提案された時は、ただただ戸惑うばかりだったし、花嫁道具ばりに揃えられた引っ越し道具を前に、頭が白くもなった。

それに、大人の色気漂うプライベートな貴也の姿にも緊張して、毎日ドキドキしっぱなしで自分の心臓がもつのだろうかと心配にもなった。

だけど貴也とふたり、何気ない会話を楽しみつつお茶を飲んで、仲よく手をつないで帰ってきた後は、なんだか大丈夫な気がしてきた。

貴也がなにを考えて、この同棲を断行したのかはわからないけど、想像していたよりずっと自然な気持ちで彼との暮らしを受け入れられそうだ。

あいかわらず単純な性格をしていると、自分でもあきれてしまうけど、うれしいものはうれしいのだから仕方がない。

自分の心境の変化をくすぐったく思いながら引っ越し荷物を片づけた詩織は、夜になり再びうなだれることとなった。

「どうしよう……」

食事をして別々に入浴を済ませ、いよいよ就寝しようかというタイミングで、重大なことに気づいてしまったのだ。

「どうかしたか？」

詩織とふたり並んでソファーでくつろいでいた貴也は、突然息をのんだ詩織に聞く。

一瞬口ごもる詩織だが、これはひとりで解決できるような問題ではないと納得し、たった今気づいた一大事を報告する。

「あの……引っ越しの荷物、両親に準備を任せたんですけど……その……お揃いの食器とか、着る予定のない着物とか、その他不要な物がいっぱい入っていたのに、ないんです……アレが」

「アレ？」

詩織がなにを言いたいのかわからないと、貴也が首をかしげる。

たしかに、これだけでは伝わらないだろう。

そう納得した詩織は、意を決して、両親が準備し忘れた〝アレ〟がなんであるかを打ち明ける。

「ベッド」

詩織の自室は広く、サイズを確認した上で両親は仕事用のデスクや鏡台まで準備してくれていたのに、寝るのに必要なベッドは用意してくれていなかった。

扱いに困る下着やナイトウエアより、そっちの方がないと困るのに。

「え？　ベッド？」

消え入りそうな詩織の言葉に、貴也が驚きの声を漏らした。

そんな彼の反応に、これは一大事だと詩織は拳を握りしめて言う。

「そうなんです！　私が寝るベッドがないんです。こんな時間だし、どうしましょう」

そう言いつつ、時計に視線を向けて時刻を確認した。

時計の針は、午後十時過ぎを示している。今すぐベッドを買いに行けるような時間ではない。

「なんで忘れちゃうのかな」

眉尻を下げて恨み言を口にする詩織の隣で、貴也が笑いを噛み殺しているのがわかった。

なにがおもしろいのかと視線を向けると、貴也は困り顔で髪をかき上げる。

「そりゃ、詩織のご両親からすれば、俺たちの同棲は結婚を前提にしたものなんだ。詩織がひとりで使うためのベッドを準備するわけがないだろ」

「あ……っ」

その言葉に、詩織は目から鱗が落ちたような気がした。

ふたりにとって婚約は形だけのものにすぎないが、周囲の認識はそうじゃない。

詩織の両親からすれば、四年の婚約期間を経て同棲を始めたふたりの間にはそういった営みがあるのが当然という認識なのだろう。

詩織の趣味とは異なる下着やナイトウエアの意味を改めて理解して、詩織は赤面してうつむく。

そんな詩織の頭に、貴也の手がふわりと触れた。

「俺はソファーで寝るから、詩織は俺のベッドで眠ればいいよ」

詩織の頭をポンポンと叩きながら貴也が言う。

その言葉に詩織は顔を上げて彼を見た。

どうやら貴也も、自分との男女の営みといったものを考えていないらしい。

求められても困るはずなのに、あからさまに距離を取られると胸がざらつく。

そんな自分を持てあましつつ、詩織は慌てて首を横に振る。

「それなら私がソファーを使うので、貴也さんがベッドで寝てください」

「詩織は引っ越しで疲れただろうから、ゆっくりベッドで休んでくれ」

「貴也さんをソファーで寝かせたら、ゆっくりなんて休めないですっ」

リビングのソファーは海外メーカーのもので、ゆったりした作りをしている。小柄な詩織なら難なくベッド代わりに使えるけど、長身な貴也ではそうはいかない。

自分の意見を譲る気はないと詩織が上目遣いで睨んでいると、貴也が困り顔で息を吐く。

自分の顎に指を添えてしばし考え込んだ貴也は、不意に探るような眼差しを詩織に向けて言う。

「それならふたりで一緒に寝るか？」

「えっ！」

思いがけない言葉に、詩織は素頓狂な声をあげる。

目を丸くする詩織に、貴也は軽く肩をすくめて言う。

「詩織が求めてこないなら、俺からはなにもしないから安心しろ」

つまり貴也は、自分に女性的な魅力を感じていないということだろう。

それでいて、こちらの反応をうかがう彼の眼差しに妙な熱を感じるのは気のせいだろうか……。

（もし私が求めたら、どうなるんですか？）

そんな言葉が喉もとまで上がってくるけど、それを言葉にする勇気がない。

詩織が顔を赤くして口をパクパクさせていると、貴也がさっきの自分の発言をごまかすように言う。

「最初に出会った日も、一緒に寝ただろう。今さらだ」

「ああ……」

たしかにあの日、出張帰りで疲れ果てていた貴也の隣で、いつの間にか自分も眠っていた。

緊張していたはずの自分が、彼の存在を心地よく感じて熟睡した日のことを思い出すと、恥ずかしいけど懐かしい。

貴也がこの状況でそれを話題にしたということは、彼の目に自分は、今もその頃と大差ない存在に映っているのかもしれない。

いまだに子ども扱いされるのは悔しいけど、これ以上、ベッドの譲り合いを続けるのも不毛だ。

(それにちょっと恥ずかしいけど、貴也さんと一緒に眠れるのはうれしいかも)

「そうですね。私と貴也さんが一緒のベッドで眠ったところで、なにかあるはずありませんもんね」

表情を明るくする詩織とは対照的に、貴也が険しい顔をする。

もの言いたげな眼差しに、彼の発言を待つけど、それに続く言葉はない。

(なんだろう？)

自分から言いだしたはずなのに、貴也が浮かない顔をしている。

貴也としては、なにも起きないとわかっていても、多少のためらいが生じるのかもしれない。

それなら詩織はソファーで寝てもかまわないのだけど、それを提案しても、先ほどの押し問答を繰り返すだけだろう。

それにここで変に意見して、詩織ひとり、過剰反応していると思われるのも恥ずかしい。

詩織は、えいやと勢いをつけて立ち上がる。

「先に寝室に行きますね」

その場の勢いに任せないと、またあれこれ考えて身動きが取れなくなってしまう。

詩織はそのままリビングを出ていこうとした。

そんな詩織を、貴也が呼び止めて聞く。

「詩織、その格好で寝るのか？」

貴也のその言葉に、詩織は自分の胸もとへと視線を落とす。

親が準備してくれた大人びたデザインのナイトウエアを着る勇気がなかったので、比較的ラフなズボンとシャツを選んで着ているが、いつでも外出できそうな服装なのでパジャマ代わりにするには不自然だったらしい。

「お母さん、パジャマを準備するのも忘れたみたいです。明日、足りないものいろいろ買ってきます」

足りない物の中には、当然自分の好みに合ったデザインの下着も含まれている。

少しぎこちない微笑みを浮かべた詩織は、それ以上なにか聞かれては困ると慌ててリビングを後にした。

貴也と同棲を始めて五日目の朝、先に目を覚ました詩織は、隣で眠る貴也の顔を眺め、この部屋に越してきてからの日々を思い出す。

唐突な展開で同棲が始まった時は、戸惑ってばかりで、彼の些細な一挙手一投足にも緊張していた。

だけど一緒に暮らしていれば、自然とふたりでの生活リズムができていくものだ。

詩織が朝の身支度をしている間に、貴也がふたり分の朝食の準備をしてくれる。

引っ越し初日に貴也が提案してくれたように、彼行きつけのカフェで朝食を取って、それぞれ出勤する場合もある。

夜は、先に仕事が終わる詩織が食事を作って彼の帰りを待つことが多いのだが、そのぶん貴也が率先して片づけをしてくれる。

といっても、貴也は仕事を兼ねた会食で夕食を済ませてくることもあるので、夜は作ったり作らなかったりといった感じだ。

掃除や洗濯にしても、貴也は詩織任せにはしないけど、だからといってやりすぎるわけでもない。

ほどほどのさじ加減を承知していて、さりげなく詩織の負担を減らしてくれる。

長年ふたりで暮らしてきたのではないかと錯覚してしまうほど、貴也と過ごす日々は心地よい。

その上、こんな無防備な寝顔まで見られるのだ。心から、彼と暮らし始めてよかったと思う。

同棲初日、貴也から同じベッドで寝ようと誘われ、結局そのまま毎日一緒に眠っている。

もちろん、ふたりの関係は相変わらず清いままだ。

やはり貴也は、詩織を大人の女性として認識していないのだろう。

この状況に女として不満がないわけではない。だけど彼の無防備な寝顔を見たら、そんな不満がどこかに消えていく。

ついでに言えば、こうして一緒に暮らしていると、自分は彼にとって特別な存在なのではないかと都合のいい妄想も頭をかすめる。

（さすがにそれは、ありえないんだけど）

詩織は軽く首を振って、暴走する思考を振り払う。

理想の王子様のような貴也が、詩織に恋をして、本当の婚約者になってくれるなんてありえないのはわかっている。だけど今だけは、この幸せを味わわせてほしい。

今日からお互い夏季休暇で、急いで起きる必要がない。詩織は、シーツに頬を寄せて貴也の寝顔を見守る。

幸福な時間を噛みしめるように眺めていたら、貴也の瞼がピクリと震えた。

「……ンッ」

眉間にしわを寄せて乾いた声で唸る。そのまま気だるそうに体をよじらせた貴也は、ぼんやりと目を開け、詩織へと腕を伸ばしてきた。

貴也の腕が詩織の肩をなで背中に触れたかと思うと、そのまま強い力で引き寄せる。それと同時に、もう一方の腕も彼女の首の下にすべり込ませて体を抱きしめた。

突然の抱擁に驚き、されるがままとなる詩織は、そのまま彼の首筋に顔をうずめる形となる。

「……愛してる」

寝起きの甘くかすれた声で、彼が誰かの名前を口にしたのはなんとなくわかった。うまく聞き取れなかった声に耳を澄ませていると、貴也はそのまま愛の言葉をささやく。どこか切なげな彼の声に、詩織は体を硬くした。

ささやき声だけど、自分に向けられたものでないことだけは確かだ。貴也が自分の名前を呼ぶ声は、こんなに熱っぽくない。

「……ずっと俺のそばにいてくれ」

再び紡がれる言葉に、強い嫉妬心が湧き上がる。

無意識下の彼が誰を求めているのだろうかと考えると、自然と先日のサイガ精機での光景を思い出す。

秘書として常にそばにいる静原と彼は、どちらも洗練された華やかさがあり、悔しいくらいお似合いのカップルに見えた。

（ほかの人と、間違えないでよ……）

そんなの苦しすぎる。

心臓を鷲掴みにされたような痛みを覚えて、詩織は貴也から離れようとした。

だけど詩織が彼の腕をほどこうともがくと、貴也はそんなことは許さないとでも言いたげに抱きしめる力を強める。

「貴也……さ……ん」

身の置きどころがわからず困り果てて名前を呼ぶと、背中に触れていた貴也の手が動き、詩織の頬を優しくなでて顔を上向かせる。

「……ぁ」

再びなにかをささやく彼の声に、必死に耳を澄ます。

名前だとしたら、彼にこんなにも愛おしげに名前を呼んでもらえるのは誰なのだろうかと考えていると、唇が触れた。

彼の温度を感じ、詩織は驚きで息をのむ。

最初、自分の身になにが起きているのか理解できずに硬直していた詩織は、数秒遅れで彼にキスされているのだと気がついた。

詩織に唇を重ねたまま、頬に触れていた貴也の手がゆっくりと移動していく。

頬から首筋へと移動していく手は、鎖骨のくぼみをなで、そのまま胸の膨らみへと重ねられた。

貴也は、ほかの誰かと間違えて自分に触れている。

「やぁ……っ」

こんなふうに彼に触れられるのは、切なすぎる。

無意識に、詩織の喉から細い声が漏れた。

その声に覚醒したのか、目を大きく見開いた貴也が詩織から手を離し、勢いよく上半身を起こす。

口もとを手で隠し、こちらに視線を向ける貴也は、詩織と目が合うと苦しげに表情をゆがめる。

「ごめん。これは、そういうんじゃないんだ」

すぐに詩織から視線を逸らした貴也は、自身の髪を乱暴にかき乱した。

「……悪い。間違いだから忘れてくれ」

絞り出すような声に、彼の後悔が滲み出ている。

(やっぱり、ほかの誰かと間違えたんだ)

自分が恋愛対象として映っていないことはわかっていたはずなのに、改めて認識させられると胸に鮮烈な痛みが走る。

(静原さんと間違えたんですか？)

そんなの、怖くて聞けるはずがない。

詩織は、枕に顔をうずめて泣きたくなる思いをやり過ごす。

「ひどいなあ〜。ファーストキスだったのに」

傷ついていると悟られないよう、わざとふざけた口調で言うと、貴也がグッと息をのむのを感じた。

お互い気まずい沈黙が流れた末に、貴也は再び「ごめん」と謝る。

後悔を滲ませる彼の声に、詩織の胸がキリリと痛む。

別に、貴也を責めたいわけじゃない。そもそも、かりそめの婚約者にすぎない自分には、責める権利がないのだから。

これ以上彼と気まずい関係になりたくないと、詩織は胸をさいなむ痛みを必死にやり過ごして、感情を立て直す。

泣くのをこらえて顔を上げると、貴也の方が、よほど泣きそうな目をしているのでよけいつらくなる。

「お詫びに、今日一日どこかに遊びに連れていってください。今日はご飯も作ってあげません」

彼にそんな顔をしてほしくなくて、詩織はおどけた口調で言う。

これまでも婚約者としての体裁を保つために、食事や観劇に出かけることはあった。

だけどそれはいつも貴也から誘いがあった場合であって、忙しい彼に遠慮して詩織から求めたことはない。

でも本音としては、普通の恋人同士のようにふたりでどこかに遊びに行って、楽しい思い出をつくりたいと思っていた。だから今日くらいは、このワガママを許してほしい。

「了解」

拗《す》ねた視線を向ける詩織に、貴也は不器用に笑う。

貴也は普段からかなり忙しくしているので、休みの間はゆっくりしてもらうつもりでいた。

それなのに詩織がそんなお願いをしたのは、このままふたりで家で過ごしていると、彼が自分を誰と間違えたのか気になって悲しくなってきそうだからだ。だからといって、彼と別行動するのも寂しい。

「どこに行きたい？」

寝起きで乱れている詩織の髪をクシャリとなでて、貴也が聞く。

そんな彼に、詩織はさらなる注文をつける。

「どこに連れていったら私が喜ぶか、貴也さんが自分で考えてください」

詩織としては、それは些細な意地悪だ。

貴也と一緒に行きたい場所ならいくらでもあるけど、彼に出かける場所を決めさせることで、少しでも多く自分のことだけを考えていてほしかった。

（キスしようとした相手のことじゃなく、私のことを考えてください）

そう願いながら、詩織は髪をなでる彼の手に自分の手を重ねる。

「ちゃんといっぱい、考えて決めてくださいね」

詩織のお願いに、貴也は「承知いたしました」と冗談めかした口調で言う。

そして乱れた詩織の髪を手櫛で整えると、ベッドから抜け出した。

「ファーストキス奪ったお詫びに、お姫様の機嫌が直るデートプランを考えておくから、ゆっくり身支度してからリビングにおいで」

そう言って貴也は、寝室を出ていく。

「……デート」

寝室の扉が閉まり、貴也の気配が遠ざかったのを確認して、詩織はその言葉をなぞった。

キスの気まずさから提案したお出かけを、貴也が〝デート〟と呼んでくれるとは思わなかった。

思いがけないひと言に、胸が高鳴る。

枕を目いっぱい強く抱きしめ、人さし指で唇をなぞると、先ほどの感触が蘇って顔が熱い。

朝目覚めてからのほんの少しの間に、喜怒哀楽のすべての感情が駆け抜けて、わけがわからなくなる。

ただひとつだけハッキリ言えるとしたら、自分の感情がここまでかき乱されるのは、相手が貴也だからということだけだ。

「私、貴也さんが好きです」

さっきまで彼が身を横たえていた場所をなでて、抑えきれなくなった想いをそっと言葉にする。

これまでずっと、お情けの婚約者にすぎない自分には、彼を好きになる権利がないと考え、その感情には気づかないふりをし続けていた。

だけど彼と唇を重ねたことで、胸を締めつける感情からもう目が逸らせない。

自分はどうしようもなく貴也が好きなのだ。

彼がほかの誰かを愛していても、その想いは止められない。

それが切なくて、詩織はシーツに顔を押しつけて少しだけ泣いた。

◇◇◇

（ファーストキスだったのか……）

なじみのカフェで詩織と向き合って朝食を取る貴也は、申し訳なさに頭をかいた。

それでいて心のどこかでは、彼女が自分以外の誰かとキスをしたことがないという事実に安堵してしまうのだから、なんと情けないことかと我ながらあきれてしまう。

詩織と婚約をしてはいるが、それは形だけのものにすぎない。

『さすがに結婚まではしてやれないが』

最初にそう宣言したのは、自分の方だ。

だから自分に詩織の行動を縛る権利はないし、婚約者としての世間体を理由に彼女がほかの男性と親しくなることを禁じたとしても、その心まで縛れはしない。

しかし蕾が大輪の花を咲かせるように、日々美しい大人の女性に成長していく彼女の姿に心奪われる反面、その魅力に気づいたほかの男に横取りされるのではないかとヒヤヒヤしていた。

だから理解ある大人の男を気取って、詩織に自分以外の誰かとなにかあったとしても仕方ないとうそぶいておきながら、今朝のあれが詩織にとってのファーストキスだったと聞かされ、情けないほど安心している。

(いい年して、なにを考えているんだか)

しかも夢と現実の区別がつかず、好きな女にキスをするなんて、いい年をした大人の男として恥ずかしすぎる。

怖くて確認することができないが、下手な寝言を口走っていないことを祈るばかりだ。

同棲を始めたとはいえ、彼女が明確な愛情を示して自分を求めてくれるまで自制するつもりでいた。

しかも詩織にとってはファーストキス。もっと大事に扱うべきだったのに。

(俺はなにをしているんだ……)

「貴也さん、疲れてます？　やっぱり今日は家で過ごします？」

口もとを手で隠し、あれこれ考え込んでいた貴也は、その声で意識を現実に引き戻された。

見れば詩織は、気遣わしげな様子でこちらの反応をうかがっている。

「全然疲れてないよ」

貴也はそう応えて、テーブルに放置していたスマホを手に取る。

それでも詩織は、疑わしげな眼差しを向けてくる。

出会って四年になるが、これまで詩織から、どこかに連れていってほしいとねだられた記憶はない。

それはもちろん、上辺だけの婚約者という自分たちの関係性にも原因があるのだろうけど、詩織の性格が起因している部分が大きいだろう。

詩織はいつも、相手を思いやる心を忘れない。

家族の将来を案じて、自分と見合いをしたのと同じように、こちらの体調や忙しさを気遣って自分の希望をのみ込んでしまう。

惚れた身としては、それがなんとも歯がゆいのだ。

そんな彼女がどこかに連れていってほしいとねだってきたのだ、疲れを感じるはずがない。

「明日も休みだし、こんないい天気なんだ。一日中家で過ごすなんてもったいないよ」

窓の外に視線を向けると、ビル群の向こうにコバルトブルーの空が広がっている。

「ですね」

貴也の視線を追いかけて空を見上げた詩織がうなずく。

頬に小さなえくぼをつくるその表情で、彼女も自分と過ごす休日を楽しみにしてくれているのが伝わってくる。

「今日は思いっきり楽しもう」

それをうれしく思いつつ、貴也は詩織の食事のペースに合わせてゆっくりコーヒーを飲んだ。

◇◇◇

「貴也さん、ここは？」

「百貨店のＶＩＰルームだな」

戸惑う詩織に事もなげに返す貴也は、「詩織だって何度も使っているだろ」と、不思議そうに首をかしげて確認してくる。

「それはわかります……」

これでも一応、神崎テクノの社長令嬢なので、家族とともにこういった場所を利用することはあるし、神崎家お抱えの外商もいる。

貴也に聞きたいのは、自分がどうしてここに連れてこられたかということだ。

今朝、寝ぼけた貴也に誰かと間違えて唇を奪われ、その流れで彼にどこかへ連れていってほしいとねだったのは詩織だ。そして目的地を貴也に一任したのも詩織である。

そのお願いを了承した貴也は、近所のカフェで食事を済ませると、詩織をこの場所に案内したのだった。

「斎賀様、ご希望に添った品を揃えさせていただいたつもりですが……」

革張りのソファーに並んで座るふたりの前に紅茶を置き、恭しく頭を下げる中年男性は、斎賀家お抱えの外商だ。

そんな彼がほかのスタッフの手を借りつつ運んできたハンガーラックとワゴンには、女性物の服のほか、バッグや靴といった小物類やアクセサリーが揃えられている。

今朝、詩織が身支度を済ませてリビングに行くと、貴也はすぐにその場を離れてどこかに電話をかけていた。電話の相手は、どうやら外商の彼だったらしい。

貴也に事前連絡を受けて準備したと思われる品は、どれも詩織の好みを考慮して選ばれている。

長く斎賀家を担当しているという彼は、当然、詩織と貴也との関係も承知しているので、詩織と目が合うと「貴也様は、フィアンセに甘いですね」とからかってくる。

外商の営業トークに、貴也は紅茶をひと口飲んでご機嫌な様子で返す。

「いや、神崎さんは娘さんを厳しく教育されていたせいか、彼女はなかなか甘やかせてくれないんだ」

貴也は、やれやれといった感じで肩をすくめて笑う。

詩織はそんな彼の袖を引いて小声で訴える。

「貴也さん、なにを考えているんですか？」

「今日のデートプランを俺に任せると言ったのは詩織だ。だからまずは、服を一緒に選んで、それに着替えてから出かけようかと思って」

そう話す彼の顔は、完全に悪巧みを楽しむ悪戯っ子のそれになっている。

この表情を見せている貴也に勝てる気はしないのだけど、一応の反論を試みる。

「わざわざ買い足さなくても、実家から十分な品を持たされています」

「だけどそれは、俺が詩織に贈ったものじゃない。今日のデートには、俺が詩織に贈った品を身につけてほしいんだよ」

甘い微笑みを添えた彼の言葉に、反論の言葉が出てこない。

詩織が赤面して黙り込むと、話はまとまったと、貴也は得意気な表情で立ち上がり、こちらに手を差し伸べてくる。

「婚約者として、たまには俺に甘やかせてくれ」

視界の端では外商の男性が深く頭を下げ、詩織が行動を起こすのを待っている。

どのみちこの状況では、なにも買わないというわけにはいかない。

詩織は小さく貴也を睨むと、仕方なく立ち上がった。

それから小一時間かけて、貴也の意見を聞きながら今日の装いを選んでいった。

最初は困惑したけど、いざ一緒に服を選び出すと気持ちが弾む。

これまでの買い物履歴から詩織の好みやサイズを把握した上でセレクトされたであろう品は、どれも魅力的で、ついつい目移りしてしまう。

貴也は、優柔不断にあれこれ悩む詩織にイヤな顔をするどころか、楽しげに一緒に服を選んでくれた。

貴也と相談して、詩織は、白のブラウスに、ゆったりとしたシルエットのアイボリーのスカートに決めた。

「少し歩くと思うから、ヒールは低めのものがいいな」

着替えを済ませた詩織をスツールに座らせる貴也は、いくつかの候補の中から、ヒールが低く、細いバックルで足首も固定するタイプのパンプスを選び、詩織の前にひざまずく。

「貴也さん」

床に片膝をつく貴也は、思いがけない行動に驚く詩織を上目遣い見上げて優しく微笑む。

ふわりと花がほころぶような彼の笑顔に見惚れていると、貴也は彼女の右脚をすくい上げ、くるぶしをなでるように指を這わせて、家から履いてきたパンプスを脱がせてしまう。

どこか艶《なまめ》かしい彼の指の動きに、詩織は驚いて息をのむ。

貴也はその隙に、自分が選んだパンプスを詩織に履かせて、足首のバックルまで止めてくれた。左脚も同様に履き替えさせる。

「これでよし」

貴也は立ち上がり、こちらに手を差し出す。

「あ、ありがとうございます」

戸惑いつつも詩織が差し出された手を掴むと、貴也はその手を引いて立ち上がらせるのではなく、手首にブレスレットを巻きつけた。

一度掴んだ手を離した貴也は、細いチェーンブレスレットの金具を留めると、今度こそ詩織の手を引いて立ち上がらせる。

彼に手を引かれ立ち上がった詩織は、自分の手首を確認した。

細いシルバーのチェーンブレスレットは、ところどころに青い宝石があしらわれていて涼しげだ。

「よく似合っている」

手首の角度を変えながらそれを眺めていると、そう言って貴也が優しく笑う。

そして詩織が照れている隙に、外商にカードを渡し支払いを済ませる。

サインを済ませた貴也はスタッフに、着替えた服はほかの商品と一緒に後でマンションに届けてほしいというような内容の指示をすると、「お待たせ」と詩織の手を引いて歩き出す。

「ほかにもなにか買ったんですか？」

外商に見送られ、VIPルームを出た詩織は貴也に聞く。

先ほどの会話からそう感じられたからだ。

「さっき一緒に服を選んでいる時、詩織が興味を示したものは全部買っておいた」

「はい？」

思いがけない言葉に、詩織が目を瞬かせる。

あそこに揃えられていた品は、どれもハイブランドのもので、単品でもそれなりに値が張る。貴也の言い方だと、それを複数買ったようである。

「もったいないです」

詩織の意見に、貴也はごもっともというようにうなずく。

「でも詩織が愛用してくれれば、もったいなくない。だからちゃんと使ってくれよ」

そう返す貴也は、悪戯っ子の顔をしている。

(ああ言えば、こう言う)

詩織はブレスレットの巻かれた手首に視線を落として、フウと息を吐く。

貴也はいつも詩織を喜ばせる言葉を選びつつ、自分の思うままにことを運んでいく。

なんだかいつも彼の手の上でいいように転がされている気がしないでもないのだけど、結局はそれを拒めない。

それは貴也が、ちゃんと詩織のことを考えてくれていると伝わってくるからだ。

「……ありがとうございます。大事に使います」

「そう言ってくれてありがとう」

あれこれ言葉を探した末、詩織がお礼を言うと、貴也もお礼の言葉を口にする。

(こうしていると、なんだか本物の恋人同士みたい)

それがただの幻想にすぎないことは、もちろんわかっている。

でも今日一日、こうやって仲よく過ごすことで、ふたりの関係になにか変化が生じるかもしれない。

そんな期待を胸に、詩織は貴也と手をつないで歩いた。

貴也と暮らすマンションに戻ってきた詩織は、脱衣室で髪をタオルで拭きながら大きくため息をついた。

百貨店での買い物を済ませた貴也が連れていったのは、数年前にリニューアルした水族館だった。

今はお盆シーズンだけど思ったほどの混雑もなく、館内を見て回ることができた。

都内の商業施設の中にある水族館で決して広いわけではないのだけど、狭さを感じさせないだけのアイデアが詰め込まれていて詩織の目を楽しませてくれた。

ペンギンの展示ブースはとくに見事で、空に向かって湾曲した水槽をペンギンが泳ぐ様はまるで空を飛んでいるようだった。

その圧巻の光景に心奪われた詩織は、飽きることなく空飛ぶペンギンの姿を楽しみ、その結果、軽い熱中症を起こしてしまったのだが。

とはいっても体に熱がこもって頭痛と目眩がする程度で、普通に歩けたし会話もできた。

だから少し遅めのランチを取りつつカフェで休んでいればすぐに調子は戻ると思っ

たのだけど、貴也に体調不良を見抜かれ、そのまま家に連れ帰られたのだった。

もともと軽度の熱中症のため、エアコンの効いた車内でスポーツドリンクを飲みながら帰ってきたおかげで、マンションに到着する頃には体調はかなり回復していた。

詩織の顔色を見て症状が落ち着いたことを理解した貴也は、シャワーを浴びて汗を流してはどうかと勧めてくれたので、それに従うことにした。

シャワーを浴びると、頭も一気にスッキリする。だけど、気分はちっとも晴れない。

「せっかく、デートって言ってくれたのに……」

きっかけはどうであれ、貴也は今日のお出かけを〝デート〟と呼び、詩織の性格を考えた上できちんとプランも立ててくれた。

彼にパンプスを履かせてもらって、手を引かれて歩いた時には、本当におとぎばなしの主人公にでもなれたような気分だった。

だからこそ、それを自分で台なしにしてしまったことが悔しい。

「私のバカ。貴也さん、きっとあきれてるよね」

まだ湿り気の残る頬をつまんで唸る。

デートが台なしになったのも悔やまれるけど、それ以上に、空飛ぶペンギンに夢中になりすぎて体調を崩したという状況が恥ずかしい。

彼に大人の女性として認められたくいろいろがんばっているのに、きっと貴也は、詩織をまだまだ子どもだと思ったに違いない。

それが悔しくて、頰をつまんだまま鏡に映る自分を睨んでいると、洗面台に置いてあった詩織のスマホが鳴った。

開くと、貴也からの【大丈夫か？　気分悪くなってないか？】というメッセージが表示される。

どうやら詩織がいつまでもバスルームにこもっていじけているので、中で倒れてないか心配になってきたらしい。

すぐ覗きに来るのではなく、まずはメッセージで安否確認をする貴也の気遣いが、逆にふたりの距離感を思い知らされて今はなんだか悔しい。

とはいえ、これ以上彼に心配をかけるわけにはいかない。

詩織は【大丈夫です】とメッセージを送って、脱衣室を出た。

まだ髪が湿っているため、ルームウエア姿で首にタオルをかけている詩織がリビングに姿を見せると、ソファーで本を読んでいた貴也が立ち上がる。

「顔色、かなり戻ったな」

歩み寄り詩織の顔色を確認する貴也が「まだ頬が赤いな」と気遣わしげな顔をするのはかなり気まずい。

いじけて脱衣室でひっぱっていたからです、なんて言えるわけがない。

「日焼けしました」

あまり顔を観察されたくないので、詩織はそう言って彼から離れる。

そしてさっきまで貴也が座っていたソファーに腰を下ろすと、顔を隠すために傍らのクッションを抱きしめた。

「そうか、ごめん。詩織を喜ばせたかったんだが、いろいろと配慮が足らなかったな」

貴也が申し訳なさそうに謝る。

「ちが……」

せっかく楽しかったデートを、そんな言葉で台なしにしてほしくない。

詩織が慌てて自分の発言を訂正するより早く、貴也はリビングの奥、続き間になっているダイニングスペースへと姿を消す。

（私のバカッ！）

もう一度自分の頬をつねりたい衝動に駆られた詩織は、その代わりに、クッションを抱く腕に力を込める。

ついでに、それに顔をうずめて声なく喚く。

どうしていつも自分は、大事な言葉を選び間違えてしまうのだろう。

深く反省する気持ちはあるのだけど、その理由を追求して見えてくる答えが、詩織が子どもだからというところにたどり着いたら目もあてられない。

クッションに顔をうずめあれこれ考えていると、戻ってきた貴也が屈む気配がした。かと思うと、貴也は詩織が抱きしめていたクッションをヒョイッと取り上げる。

「あっ」

詩織が驚いて顔を上げると、クッションを取り上げた貴也は、その手に冷えたグラスを握らせる。

グラスの中の液体の表面では小さな泡が跳ねていて、微かに甘さを含んだ清涼感のある香りがした。

「水分も取って」

貴也の言葉に促されるようにグラスを口に運ぶと、レモンスカッシュの味がした。

「おいしいです」

コクリと喉を鳴らした詩織がつぶやくと、貴也はうれしそうに笑い隣に腰を下ろす。

「よかったよ。夕食はなにかケータリングを取ろう」

海外メーカーの広々としたソファーのクッションは、長身な彼の体をなんなく受け止めるけど、わざとバランスを崩したフリをして彼の方にもたれかかってみた。

詩織が体に預けられて貴也は一瞬驚いた顔をしたけど、すぐ肩に腕を回してくれた。

体を優しく包み込んでくれる手が温かい。

その温もりを心地よく思いながら、詩織は再度グラスを口に運ぶ。

「すごくおいしいです」

喉をなでるレモンスカッシュの味に、心が癒やされる。これを彼が自分のために用意してくれたと思うと、今度こそ正しい言葉を選べる気がして詩織はそのまま続ける。

「あと、今日、すごく楽しかったし、うれしかったです」

「そう言ってもらえてよかった。今度はどこに行こうか?」

こちらに視線を向けて貴也が言う。

思いがけない言葉に詩織が目を瞬かせていると、貴也は彼女の肩に回していない方の手を詩織の手に重ね、グラスを自分の口へと運ぶ。

彼の喉がゴクリと上下するのを眺めていて、これが間接キスだと気づくと、熱中症がぶり返したような熱を頬に感じる。

「甘いな」

ポツリと感想をつぶやく貴也は、グラスをソファーの前のローテーブルに置き、親指の腹で唇の端を拭う。

そしてなにかを探すように虚空を見上げる。

詩織もその視線の動きを追いかけるけれど、貴也が見つめる先にはただ天井があるだけだ。

それでも数秒、そのまま天井を見上げていた貴也が、ポツリとなにかをつぶやいた。

「え?」

貴也の言葉をうまく拾えなかった詩織が、視線を彼に向けて小首をかしげる。

「今日、詩織の着替えを待っている間に、二宮《にのみや》さんに婚約指輪はつけないのかと聞かれたよ」

二宮さんとは、斎賀家を担当している外商の名字である。

今日、詩織の左手薬指に指輪がないことが、商売柄気になったようだ。

「そういえば、そういうのしてないですね」

詩織は自分の手を裏に表にと翻しながら言う。手を動かすと、さっき貴也に着けてもらったままにしているブレスレットがきらめく。

貴也が両家に婚約を宣言した時、詩織はまだ大学生だった。そのため両家の間で、結納などは詩織が大学を卒業してからで……という流れとなった。しかしその後、詩織が両親の反対を押しきり就職したため、その辺の話はうやむやになったままだった。

(本当に結婚するわけじゃないから、指輪とか結納とか、私たちには不要だよね)

あまり深く考えてなかったけど、うやむやになったきりにしていたのは、貴也としてもその方が楽だからだったのだろう。

「買った方がいいか？」

高くかざした手をヒラヒラさせていると、貴也にそう聞かれた。

見れば彼は、なんだか難しい表情でこちらを見ている。

貴也としては、詩織の世間体のようなものを気にしてくれているのかもしれないけど、かりそめの婚約者でしかない身では、もらっても虚しくなるだけだ。

貴也は斎賀家の御曹司で、十分すぎるほどの経済的余裕があるのはわかっている。

そんな彼からすれば、体裁を整えるために婚約指輪を買うというのは、何気ない日の些細な贈り物として服やブレスレットを買うのと同じ感覚なのかもしれない。

だけど、受け取る側の心の重みは、全然違うのだ。

詩織は、女心がわかっていないと首を横に振る。

「そんなのいらないです」

もちろん詩織だって年頃の女子なので、好きな人から指輪を贈られるというシチュエーションへの憧れはある。

だけどそれは、相手も自分を想っていてくれてこそ喜べる贈り物なのだ。

フルフルと首を横に振る詩織を見つめ、貴也はなにか言いかけた。だけど言うべき言葉が見つけられなかったのか、結局はなにも言わずに黙り込む。

その時、テーブルに置かれていた貴也のスマホが鳴った。音に反応した彼は、腕を伸ばしてそれを手に取り立ち上がる。

貴也からすれば、それは電話を受ける際の何気ない動きだったのかもしれない。だけど隣に座っていた詩織としては、偶然視界に入ったスマホ画面に表示された静原の名前に胸がざらつく。

生駒とふたりでサイガ精機を訪れた後、静原のことが気になって、詩織は従兄である悠介に彼女のことを知っているか聞いてみた。

悠介の話によると、静原の父はサイガ精機でかなりの発言力を持った古参社員で、神崎テクノとの業務提携に難色を示していた存在なのだという。

そのせいか娘である彼女も神崎テクノを毛嫌いしていて、そこの社員である悠介にあたりが強いとぼやいていた。

詩織が、自分が勤務するマミヤシステムとサイガ精機で仕事をするかもしれないと話したところ、人のいい悠介はサイガ精機のほかの社員にそれとなく探りを入れていろいろ話を集めてきてくれた。

その情報によれば、静原の父は、もともとは自分の娘を貴也の妻にと考えていたらしく、彼女自身かなり乗り気だったのだという。

ただ貴也が持ち込まれる縁談をことごとく断っていたので、急いで話を持ちかけても徒労に終わると判断してタイミングを見計らっていたところ、貴也が詩織と婚約したことでその目論見は頓挫した。

自分の娘こそ未来のサイガ精機の社長夫人にふさわしいと考える静原父が、いまだに納得していないというのは、サイガ精機社内では知られた話だという。彼女自身もまだ貴也にかなりの未練があり、ほかの女性社員が彼に近づくことを許さないとか。

静原からとげのある対応を受けた経験のある悠介は、仕事に支障をきたさないためにも、貴也との関係や神崎テクノの社長令嬢という身の上は隠しておいた方がいいと詩織に助言してくれた。

もともと詩織は職場で自分の家柄については話題にしないようにしているので、静原にそれを知られる心配はない。

だから詩織としては、静原が貴也との縁談話に未練があるらしいという話ばかりが気にかかる。

オフィスで見かけた静原は、ただ美しいだけでなく、仕事のできる人間特有の自信に満ちあふれた雰囲気を醸し出していた。

そんな女性に好意を寄せられれば、男性として悪い気はしないだろう。

貴也が詩織と婚約してくれたのは、家族が持ってくる縁談を断る口実が欲しかったからだ。

悠介が仕入れてきた噂話をどこまで信用していいのかわからないけど、静原親子が貴也との見合いを画策していたのは事実だろう。

ただ貴也ほどの立場にもなれば、きっと下世話な噂話などは耳に入りにくくなるだろうから、彼は静原親子が自分との縁談を望んでいたことを知らないのかもしれない。

もし詩織と婚約する前に静原との見合いを持ちかけられていたら、今このマンションで彼と暮らしていたのは、彼女の方だったのかもしれない。

貴也にどうしようもなく惹かれている身としては、彼と出会うことのなかった人生なんて考えられない。だから、彼女から着信があっただけで心が掻き乱されて、穏やかな気持ちでいられなくなる。

「ああ、いいよ。今？ うん、自宅」

詩織と距離を取って話す貴也は、静原に短い言葉を返していく。

不安な思いで見守っていると、彼がチラリと詩織に視線を向ける。

こちらを見る彼がどこか気まずい表情をしているように見えるのは、詩織がネガティブな妄想に陥っているせいだろうか。

不安な思いを悟られないよう笑顔を向けたら、貴也は大きくため息をついて腕時計を確認した。

彼の動きにつられてリビングの置き時計を確認すると、夕方の四時になろうとしている。

「……わかった。今からそっちに行く」

そう返して、貴也は電話を切った。

「出かけますか？」

漏れ伝わる会話からそう理解して確認すると、貴也がうなずく。

「悪いな、一度会社に行った方が早そうだ。ひとりにして大丈夫か？」

もちろん大丈夫だと、詩織はうなずく。

「お休みなのに、お仕事なんですか？」

そんな探るような言葉を投げかけてしまうのは、通話相手が静原だとわかってしまったからだ。

貴也の言葉を疑っているわけじゃないのに、素直に〝いってらっしゃい〟のひと言が出てこない。

そんな自分が情けなくて、ジッと見つめていると、なぜか貴也も気まずい表情を浮かべる。

「……うん。そう」

今の〝間〟はなんだろう。

その微妙な間に、貴也に嘘をつかれているのではないかと疑ってしまう。

もしかして貴也は、仕事ではなくプライベートな理由で静原に会いに行こうとしているのかもしれない。

今朝、自分を抱きしめたように、静原の体を強く抱きしめて顔を寄せ合う貴也の姿を想像して詩織は唇を噛みしめた。

「詩織？」

険しい表情で黙り込む詩織に、貴也が気遣わしげな顔をする。

（貴也さんを、追及できたら楽なのに）

かりそめの婚約者にすぎない自分に、その権利がないことが悲しい。

「まだちょっと頭が重たくて」

詩織がそう取り繕うと、貴也が手にしたスマホに視線を向ける。

優しい彼のことだ、出かけるのをやめようか考えているのだろう。

「貴也さんを見送ったら、ひと眠りします」

だから早く出かけてくださいと遠回しに外出を促すと、渋々といった感じで貴也は身支度をすべく部屋を出ていく。

そんな彼の背中が扉の向こうに消えると、詩織は涙に潤む目頭を押さえた。

好きと言ってもいいですか？

九月某日、貴也は下半期の運営についての打ち合わせをすべく神崎テクノ社長との昼食を兼ねた打ち合わせを行なった。その後、所用で先に席を立った神崎篤の代わりに自分の相手をする社長秘書とふたりで、食後のお茶を飲む。

社長秘書とはもちろん悠介のことで、篤が先に帰ったのも友人同士で気兼ねなく話す時間をつくれるようにとの配慮である。

先ほどまではお互い企業の重責を担う身として真面目な話し合いをしていたが、一度緊張の箍《たが》がはずれると気分は学生時代に戻ってしまうもの。

「こんなに苦しむくらいなら、最初に抱いてしまえばよかった」

料亭の個室に悠介しかいないのをいいことに、つい情けない弱音を漏らしてしまう。

デザートの桃を食べる悠介が、すかさずツッコミを入れる。

「お前、バカだろ」

彼の言葉で若干の冷静さを取り戻した貴也は、「まあな」と返して苦く笑う。

詩織と同棲を始めて早一カ月、それといったもめ事もなく、互いのペースを思いやりながら仲よく暮らせていると思う。

一緒に暮らすようになって初めて知ったが、詩織は料理がうまい。彼女も仕事で忙しいはずなのに、ほぼ毎日食事を作ってくれている。

そのため、これまでは商談を兼ねた会食で夕食を済ませて帰ることが多かった貴也の生活スタイルが激変した。

詩織の手料理を食べるために、仕事とプライベートのメリハリをつけるようになったのは、ワーカホリック気味だった貴也にとって、喜ばしい変化だろう。

サイガ精機の社長で貴也の父親である斎賀幸助《こうすけ》もその辺の変化に気づいており、詩織と一緒に暮らし始めたのは正解だと喜んでいる。そして、ここまできたら神崎家の両親を安心させるためにも、早く式を挙げるべきだと騒いでいる。

そうやって周囲の環境は結婚に向けて整っていくのに、ふたりの関係は相変わらず平行線のままである。

たしかに同棲初日、詩織にその気がないならなにもしないと宣言したのは、貴也の方だ。

その言葉を違《たが》える気はないが、惚れた女が、毎日自分の隣で無防備に熟睡する姿を見せつけられる身にもなってもらいたい。

彼女がそこまで無防備になれるのは、貴也を男として認識していない証拠だろう。

そう思うと、気持ちよさそうな詩織の寝顔が、少しだけ恨めしくなる。

「アイツにとって俺は、保護者のような存在なんだろうな」

「まあ、俺とお前は同い年だから、自然とそんなふうに見えちゃうかもな」

最初から詩織の保護者的立場にいる悠介は、もっともらしくうなずきお茶をする。

自分から言い出してなんだが、こうもあっさり同意されるとおもしろくない。

惚れた女、しかも形だけとはいえ婚約までしている相手に、保護者としてしか見てもらえないのがどれほどつらいことなのか、この男にはわからないのだろう。

(ハッキリ言ってこれは一種の拷問だ)

それでつい、同棲初日もしくは最初に出会った時に、詩織に違う接し方をしていたら、ふたりの今が違ったのではないかと考えてしまう。

「試しに、お前から誘ってみたらどうだ？」

悠介のアドバイスに、貴也は冗談じゃないと顔をしかめた。

それで玉砕したらどうしてくれる。

男女の関係さえあきらめれば、詩織との同棲は順調なのだ。こちらから変にアプローチをかけて今の関係さえも失うくらいなら、蛇の生殺しのような現状維持でかまわない。

詩織に拒絶されたら、この先の人生をどう生きていけばいいかわからなくなる。

彼女を失うのが怖くて、夏季休暇の間も、初日に寝ぼけて過ちをおかした以外はいたって健全に過ごしていたというのに。

あのキスに関しては、本当に後悔している。

あの日の詩織はやっぱり様子が変だった。

もちろん体調を崩したせいもあるのだろうけど、今さらだが婚約指輪を贈りたいと提案したのがいけなかったのかもしれない。

愛していない男からそんなものをもらっても、困るだけなのだろう。

ちょうど休日出勤していた静原からの着信があって、その話はうやむやになったが、電話を切った後の詩織はあきらかに挙動不審になっていた。

いざ会社に行ってみれば、静原からの相談内容はたいしたものではなく、正直休み明けでよかったのではないかと思ったが、詩織のためには一度離れる時間をつくれたのでよかったのかもしれない。

その後帰宅した時にはいつもの調子に戻っていて、ホッとした。

そんなこともあったので、貴也の方からなにか行動を起こす気にはなれないのだ。

「いろいろうまくいかないよ」

苦い顔で桃を食べる貴也を見て、悠介が愉快そうに笑う。

「なんでお前が、そんな奥手キャラになっているんだよ」

自分の学生時代を知る悠介の言葉に、貴也は面倒くさそうに息を吐く。

たしかに若い頃はそれなりに遊んだが、それとこれとは話が違う。

詩織はこの世にただひとりしかいないのだから、下手に行動を起こして嫌われるわけにはいかないのだ。

（恋は、惚れた方の負けだ）

貴也は、悠介相手には恥ずかしくてとても言葉にできない想いを、桃と一緒に飲み込む。

「今、詩織の会社と商談を進めている途中だから、それが落ち着いたら考えるよ」

とりあえずそうは言ってみたが、それは絶対に嘘だ。

詩織を愛おしく思えば思うほど、彼女に拒絶されるのが怖くて、一歩踏み出せなくなっているのだから。

「お前がもっとやる気を出して、神崎テクノを立て直してくれたら、いろいろ違ってくるんだけどな」

ニヤニヤしながらデザートを楽しむ悠介が恨めしいので、お約束のセリフで牽制しておく。

貴也の言葉に、悠介は痛いところを突かれたと首をすくめて視線を逸らせた。

◇◇◇

九月第二週の月曜日、詩織はサイガ精機のオフィスへと急いでいた。

最初に貴也のオフィスを訪れたのは八月の初め。先輩社員の生駒にお供してのことだった。

それから一カ月、最初の訪問で手応えを感じた生駒は、その後地道な営業を続け、本日、技術部門の社員とともに最終ディスカッションを行い、納得してもらえれば契約という運びとなった。

世界市場で活躍するサイガ精機からの業務委託が決まれば、社としては金銭的利益以外にも得るものが大きい。

そのため今日の商談には、営業の生駒と技術部門のエンジニアのほか、営業部長と社長まで同席するという熱の入れ用だ。

そんなそうそうたる顔ぶれが集まる席に詩織が呼ばれるはずもなく、今日はひとり営業に赴くつもりでいた。

生駒の助言のもと数件の企業を回るつもりでいたのだけど、その生駒から急ぎ必要になった資料を届けてほしいとの電話が会社に入った。

それで外回りをする前に、詩織がサイガ精機まで資料を届けることになったのだ。

生駒の指示では、会社に到着したら、受付を通して連絡してほしいとのことだった。

その時の状況で、誰かが取りに来るか、もしくは入館証を受け取って詩織が中まで届けるか決めるという。

サイガ精機の受付で要件を告げた詩織は、内心ため息をつく。

(本当は、ここには来たくなかったんだけどな……)

最初にこの会社を訪れた時、貴也と彼の秘書である静原が一緒にいる姿を目のあたりにして心がざらついた。

しかも、夏季休暇に彼女から電話を受けた貴也が歯切れの悪い態度で出かけていったこともあり、なるべくならふたりが一緒にいる姿は見たくない。

貴也が彼女をどう思っているのかはわからないけど、自分に自信が持てない詩織はネガティブな妄想を止められない。

背が高くモデル体形の彼女は容姿端麗で、いかにも仕事ができそうな雰囲気を醸し出していた。

その後、貴也に秘書の静原さんがどんな人かと尋ねたところ、世界的にも名の知れたアメリカの大学を卒業している上、五カ国語を操る才女だと聞かされた。

美人で頭がよくて自立している大人の女性。詩織が憧れる生き方を具現化したような彼女が、毎日貴也と一緒に仕事していると思うと、胸の中にドロドロとした黒い感情が湧き上がるのが止められない。

その感情がいわゆる嫉妬だということは、恋に不慣れな詩織でも理解できる。しかも自分は、貴也の恋人というわけでもないのだから、かなりお門違いな嫉妬心である。

理解はできても、それを制御する術はない。だからせめて、自分の心を乱すような場所とは距離を取っておきたかったのだけど、仕事なら仕方ない。

（せめて、貴也さんと静原さんが一緒の場面に遭遇しませんように……）

心の中で手を合わせて先方の指示を待っていると、背後からよく知る声が聞こえてきた。

「あれ？　詩織ちゃんじゃないか？」

この場には似つかわしくない朗らかな声に振り向くと、数名の社員を従えた年配の男性がこちらを見ていた。

貴也の父親である斎賀幸助だ。

「斎賀のおじさま」

思いがけない遭遇に、ついなれた呼び方を口にして、詩織は慌てて口もとを手で隠した。

（しまったっ！）

そんなことをしても先ほどの発言を取り消せるわけではない。この場では『社長』と呼ぶべきだった。

「どうしたんだい？　貴也にでも会いに来たのか？」

詩織があたふたしている隙に、幸助はこちらへと歩み寄り、受付カウンターに座る女性に視線を向ける。

「あ……専務に確認をして、指示を待っている途中です」

すばやく状況を説明する受付の女性に、幸助はなるほどとうなずく。

「この子は顔パスで通していいから」

幸助は詩織の肩を軽く叩き、戸惑う受付の女性に言う。そして、詩織が手にしていた紙袋を取り上げて歩き出した。

そのままスタスタと警備員の前を通り過ぎる幸助は、途中で詩織を振り返り手招きをする。

チラリと様子をうかがうと、受付の女性も、幸助に同行していた社員たちもポカンとした表情で『この人は何者？』と言いたげな視線を向けてくる。

詩織は周囲にペコペコ頭を下げながら幸助へと駆け寄った。

「今日は、仕事として来ているんです」

エレベーターホールへと向かいながら、詩織は状況を端的に説明した。

この件に関して、幸助は貴也に一任していたので、詩織が勤務している会社と話を進めているとは知らなかったらしい。

だからこの場所では、貴也の婚約者として接するのはやめてほしいのだけど、普段実の娘のごとくよくしてくれている幸助を邪険にするようでお願いしにくい。

詩織がどうしたものかと悩んでいると、エレベーターのボタンを押す幸助が言う。

「貴也との暮らしはどうだ？　アイツはマイペースな性格をしているから、詩織ちゃんを困らせているんじゃないか？」

詩織はとっさに周囲に視線を走らせる。

ここまで来ると受付は見えないし、幸助に同行している社員は、近づいていいかわからないといった感じで遠巻きにこちらを見ている。

これなら会話を聞かれる心配はないだろう。

「貴也さんのマイペースは、ただの照れ隠しと優しさです。一緒に暮らしてみると、貴也さんがどれだけ会社や社員のことを考えて、難しい決断を単独で下しているのかがわかります」

貴也は、恐ろしく迷いがない。

斎賀家の御曹司として、サイガ精機の次期社長として、決断を求められる場面が多いためか、貴也は必要な情報をしっかり見極めて、すばやく進むべき道を決めていく癖がついているのだろう。

たしかにそれは一見、人の意見も聞かないワンマンな姿勢に見えるかもしれないけど、それは違う。

「貴也さんは誰かに相談することで相手に責任を背負わせたくないんです。だから面倒ごとを全部自分ひとりで背負う覚悟で、あれこれ勝手に決めちゃうんです」

だからこそ婚約も同棲も彼ひとりで決め、結果、詩織が彼に振り回されるようにしか見えない状況に陥っている。

きっとふたりが婚約解消をする際にも、貴也は自分ひとりで決めたように振る舞い、憎まれ役を一手に担う気なのだろう。

「アイツのよさを理解してくれてありがとう」

父親としてお礼を言う幸助が「早く貴也と正式に結婚してくれるとうれしいんだけどな」と続けた時、エレベーターが到着した。

扉が開いた瞬間、中にいた静原と目が合って詩織は大きく息をのんだ。

彼女は「えっ」と小さな声を漏らし、親しげな様子で肩を並べる詩織と幸助を見比べる。

幸助は鷹揚に笑って詩織の肩に手を置く。

「ああ、静原君、ちょうどよかった。彼女を貴也のところまで案内してやってくれないか？　貴也の婚約者の神崎詩織さんだ」

幸助の説明に、静原は目を大きく見開く。

「専務が婚約されたという話はずいぶん以前に伺った記憶はありますが、この方が？」

「ああ、彼女は神崎テクノさんのお嬢さんで、婚約してもう四年になるかな。それをきっかけに、ウチと神崎テクノさんの業務提携を決定したようなものだ」

何気ない口調で話す幸助の言葉に、静原のこめかみがピクリと跳ねた。

じっとこちらを見ている彼女の瞳の奥で、さまざまな感情が揺れ動くのが見えた。

嵐のような戸惑いが去った後、彼女の瞳に怒りの感情が宿ったように思えたのは気のせいだろうか。

本能的に恐怖を感じた詩織が体を硬くすると、静原は自分の感情を隠すように、瞼を伏せて深く腰を折る。

「はじめまして。斎賀専務の秘書を務めさせていただいております静原と申します」

（はじめまして？）

初回の会社訪問の際、詩織も同席していたのだが、オマケのような存在だったため、彼女の記憶には残っていないのかもしれない。

それならそれで、わざわざ訂正する必要はない。

「はじめまして。マミヤシステムの生駒に、資料を届けに参りました」

「ちょうど専務に言われて、資料を受け取りに伺ったところです」

詩織が初対面の相手として挨拶をすると、静原はそう言って、幸助から詩織が持参した紙袋を引き取る。

サイガ精機は特許技術も多く、事前申請がなされていない者の出入りには手間がかかる。そのため、貴也が静原に荷物だけ取りに来させたのだろう。

「では、私がお預かりしていきます」

静原が資料を届けてくれるなら、詩織の仕事はここで終わりだ。それならこのまま当初の予定通り営業にいそしむことにしようと、詩織はエレベーター内へと引き返す静原に再度お辞儀をする。

そんな詩織の背中を、幸助が軽く押す。

「ここまで来たんだ、ついでに貴也の顔を見ていってはどうだ？」

幸助の言葉には気づかない様子で、静原は黙礼してエレベーターの操作パネルに手を伸ばす。

そんなことをしたら、生駒をはじめとした仕事関係の人に自分の素性や貴也との関係がバレてしまうではないか。

「え、でも貴也さん、仕事中ですし……」

相手が幸助のため、ついいつもの呼び方で貴也の名前を口にすると、静原から表情が消えた。

「まあ、どうせ夜になれば会えるしな」

静かだからこその深い憤りを感じ取って黙る詩織の反応を、幸助は別の意味に捉えてしまったようだ。

幸助の言葉に焦った詩織は、扉が閉まりかけていたエレベーターに慌てて飛び込む。

「また貴也と一緒に、ウチにも遊びに来てくれ」

幸助ののんびりとした声が聞こえたのを最後に、エレベーターが閉まった。

「専務はお忙しい方です。社長のお話ですと一緒に暮らされているようですし、今日はもうお帰りになってはどうですか」

言葉遣いこそ丁寧だが、声には苛立ちが滲み出ている。

静原は、詩織が貴也の顔を見るためについてきたと思っているのかもしれないけどそれは違う。

詩織は、慌てて首を横に振る。

「わかっています。エレベーターが停まったら、このまま一階に引き返します」

貴也の忙しさは承知しているし、詩織だって仕事中だ。遊び気分で顔を見に行ったりするはずがない。

静原にお願いがあって、彼女についてきたのだ。

「すみませんけど、私の素性や貴也さんの関係を、内緒にしてもらえませんか？」

神崎テクノの社長令嬢で貴也の婚約者であると知られると、今後の仕事に影響が出るかもしれないので隠しておきたい。

その口止めをしたくて彼女の後を追ってきたのだ。

「そんなこと言うわけないでしょ」

深く頭を下げる詩織に、静原の苛立った声が降ってきた。

幸助の前では抑えていた感情を爆発させたような彼女の口調に、詩織は驚いて顔を上げた。

見ると、憤怒の表情を浮かべた静原と目が合った。

その表情に驚いた詩織が息をのむのと同時に、控えめなベルの音とともに扉が開く。

（とりあえず、黙っていてくれるってことだよね）

言い方にかなりのとげを感じるけど、希望は叶えてもらえるらしい。

ホッと胸をなで下ろす詩織に、静原が忌々しげに言う。

「あなた程度の女が婚約者だなんて世間に知られたら、専務の恥です」

ホッと胸をなで下ろした詩織の頭に、それに続く静原の言葉が降ってくる。

思いがけない言葉に驚き、身動きできなくなる。

眉間にしわを寄せ、硬直する詩織を睨む彼女の瞳には、怒りの炎が揺れている。

「あの頃、急に落ち目の神崎テクノと業務提携をしたのはそういうことだったのね。あなたが専務に『助けてくれなければ死ぬ』とでも言って泣きついたのかしら？　専務の優しさにすがるなんて、いやらしい女ね。同時期に専務が急に婚約されたというのも、そういうことだったのね」

四年前にはすでにサイガ精機に就職していたであろう静原は、自分との見合い話も含めて、当時いろいろ納得できずにいたのだろう。

長年抱えていた疑問が、やっと腑に落ちたとうなずく。

貴也が詩織との婚約を宣言する以前から、サイガ精機と神崎テクノの間で共同事業の話は持ち上がっていた。

だから彼女の言葉がすべて正しいというわけではないが、ふたりの関係を考えれば否定できる話でもない。

「今回のマミヤシステムとの商談も、あなたが専務に泣きついたの？」

訝《いぶか》る静原の問いかけに、詩織はそれは違うと首を横に振る。

最初のきっかけとしては、たしかに詩織の存在があったのかもしれないけど、その後は生駒の努力とマミヤシステムの確かな品質がもたらした結果だ。

それに貴也だって、そんな公私混同をしたりはしない。

「そんなことしません」

そこだけは譲れないと詩織は反論するが、静原は鼻で笑う。

「どうだか」

静原は赤く艶やかな唇を綺麗に持ち上げる。

「そんな浅ましい女が、専務の婚約者を名乗るなんておこがましいわ。それこそ我が社の恥にもなります。あなたこそ専務との関係を口外しないでいただきたいわ」

吐き捨てるような彼女の声から、詩織の存在すべてを否定しているのが伝わってくる。あまりの物言いに詩織が反論しようとするが、それより早く静原が言葉を続ける。

「あなたが専務のためになにができるというの？　長年一番近くであの人を支えてきたのはこの私よ。だから専務の人生にあなたが必要ないって、私にはわかるわ。四年も婚約関係にあって、結婚まで進展しない現状が専務の本心を物語っているんじゃないかしら」

その言葉に、寝ぼけて詩織にキスをした貴也が『ずっと俺のそばにいてくれ』とささやいた声が鼓膜に蘇る。

息をのむ詩織は、無意識に片方の耳に手を添えた。

鋭い言葉で詩織の心を切りつけた静原は、詩織の全身にくまなく視線を巡らせ、勝ち誇ったように笑うとエレベーターを下りていく。

「あの……」

「あなたでは、彼につり合わないわ。専務が最後に選ぶのは私よ」

あまりの言葉に、思考が追いつかない。

表情をなくして硬直する詩織に、静原が足を止めて艶やかに笑う。

「私も専務も、こんなお使い程度の仕事しかないあなたと違って忙しいんです。そのままお帰りいただいてよろしいでしょうか」

そう慇懃《いんぎん》に頭を下げる静原だが、声の端々に詩織への嘲りが滲んでいる。

もともと静原に口止めをしたら帰るつもりではいたけど、このままでは彼女の言いなりになっているようで悔しい。

悔しいのに返す言葉が出てこない。

胸に渦巻く感情のやり場がわからず眉根を寄せる詩織に、静原が誇らしげな表情でトドメを刺す。

「あの人には私がいるから、あなたは必要ないの。そろそろ気づいていただけないかしら?」

貴也をあえて『あの人』と呼ぶ静原は、上品に微笑むと詩織に背中を向けて歩いていく。

詩織がなにも言い返せないままエレベーターの扉が閉まる。

一度閉じた扉を再度開ける気になれない詩織は、握りしめた拳を開くと一階の階数指定のボタンを押した。

　悔しい思いを抱えてサイガ精機を後にした詩織は、どうにか気持ちを立て直して本来の目的である営業回りをこなした。

　静原に言われっぱなしで終わったのは泣きたくなるほど悔しいけど、傷ついたからといって仕事を投げ出すような自分にはなりたくない。

　そうやって午前中いっぱいをかけて営業回りをしていた詩織は、そろそろ昼食を取ろうかと考え始めたタイミングで生駒からの連絡を受けた。

　サイガ精機での商談を終えた彼は、届け物のお礼がてら詩織を昼食に誘ってくれたのだ。

「なんだ、えらく機嫌がいいな。なんかいいことあったのか？」

　ファストフードの窓際の席で向かい合って食事を取る生駒が、怪訝な顔でこちらを見てくるので、詩織は首を横に振る。

「全然。どちらかと言えば、最悪な朝でした」

「なんだそれ」

　詩織の返しに生駒が笑う。

サイガ精機での一件で傷ついた後の営業はあまり良好な結果とはいえなかった。

それでも手応えを感じる営業先もあったし、帰る際にねぎらいの言葉をかけてもらえればそれだけでもうれしくなる。

思えば生駒が提案してくれた営業先はサイガ精機に近い企業ばかりなので、商談が終わった後は必要があれば詩織と合流して一緒に回ってくれるつもりだったのかもしれない。

そんなさりげない優しさに触れただけでも、ささくれた気持ちが少しずつ軽くなるのだから自分はかなりお手軽な性格だ。

「ちゃんと仕事あるって、いいことだなと思って」

しみじみとした詩織の言葉に生駒がまた笑う。

「別にリストラされる予定はないだろ」

「そうなんですけど、自分にできることをひとつずつ丁寧にこなしていると、元気が出てきますよね」

「よくわからんが、元気そうでなによりだ。まあ食え」

そう言って生駒は自分のトレイにあるポテトを勧めてくれるので、お礼を言って一本もらっておく。

そしてそのまま業務連絡を交えつつ雑談をしていた詩織は、ふと視線を感じたような気がして顔を上げた。

「どうかしたか？」

不意に動きを止めた詩織の視線を生駒が追う。

「いえ。気のせいだったみたいです」

詩織がそう返すと、今度は生駒が動きを止めた。

どうかしたのかと詩織が首をかしげると、生駒が軽く首を振る。

「一瞬、人混みに怖い顔をしたサイガの専務の顔が見えた気がしたんだが……」

（え、貴也さん？）

驚いてもう一度窓の外に視線を巡らせるけど、貴也の姿は見あたらないので見間違いなのだろう。

それにもし貴也がいたとしても、生駒の話では商談にはかなりの手応えがあったらしいので、怖い顔をしてこちらを見るはずがない。

お互い気のせいだろう。

でも貴也の名前が出たことで、詩織はずっと消化しきれずにいた疑問を、生駒に投げかけてみる。

「生駒さん、全然仕事に関係ない、変な質問していいですか？」

「どうした？」

奇妙な切り出し方に生駒が怪訝な顔をする。

それでも視線で話の先を促してくるので、詩織は話を続けた。

「あの……友達に相談されたんですけど、男の人って、好きな人以外とキスしたり、好きな人がいてもほかの女性と一緒のベッドで寝たりできるんでしょうか？」

小さな嘘を挟みつつ、誰にも相談できずにいた疑問を投げかける。

詩織と貴也のほかにふたりの事情を知っているのは悠介だけで、さすがに自分の従兄にこんな相談はできない。

生駒になら相談してもいいと思えるのは、彼が既婚者で、なおかつ奥さんとも面識があるからだ。

「はい？」

詩織の質問に生駒は素っ頓狂な声をあげた。

「あ、一緒に寝るって、変な意味じゃなく、本当にただ眠るだけの意味ですよ」

慌てて付け足す詩織に生駒が「その場合、変な意味じゃない方が変だけどな」と半笑いでツッコミを入れる。

たしかにそうなのかもしれないけど、実際問題そうなのだから仕方がない。

もし貴也が静原に惹かれて、彼女と間違えて詩織にキスをしたのなら、どうして彼はその後も詩織と普通に仲よく暮らせるのだろうか？

キスをした後もふたりの関係に進展がない段階で、彼が自分を愛していないということはわかる。それなのに一緒に暮らす貴也は、あいかわらず底抜けに優しいから微かな希望を捨てられないのだ。

ひと思いに生駒に男はそんなものだと言ってもらえれば、あきらめがつくかもしれない。

そんな期待を込めて投げかけた質問に、生駒はアイスコーヒーをひと口飲み答える。

「俺ならしない。好きな女性とほかのヤツを間違えたりしないし、ほかの女と暮らすなんて無理だ」

「それって……」

一瞬ほのかな期待が頭をかすめるけど、間髪をいれずに生駒が続ける。

「ただし、それは〝俺〟の話だ。そういうのって、男とか女とか、性別でくる話じゃなくて、その人の人間性で答えが変わる話だろ」

「ごもっともです」

生駒は愛妻家で知られている。

そんな彼を選んでこの質問を投げかけたのは生駒なら自分が傷つくような発言をしないという無意識の打算があったのかもしれない。

「気になるなら、謎なアンケート調査してないで本人に聞けって友達に言ってやれよ」

しごくまっとうな回答に返す言葉がない。

貴也の本音は、貴也に聞くしかないのだろう。

小さく唸る詩織に生駒がトドメのごとくまっとうなご意見を付け足す。

「聞きたいことも聞けない関係ならどうせ長続きしないだろうし、友達にはほかの男探した方がいいって、アドバイスしてやれよ」

「はい」

小さな声で返事をし、詩織はテーブルに倒れ込みたいのをこらえて食事を再開した。

「詩織、今日ウチの会社に来たのか?」

夜、夕食の準備をしていた詩織は帰宅早々に彼から質問されて大きく肩を跳ねさせた。

「な、なんで?」

朝、仕事に行く前につけ込んでおいた鶏肉を焼く詩織は、キッチンと続き間になっているリビングに立つ貴也に聞き返す。

質問に質問で返されると思っていなかったのか、動きを止めた貴也は困ったように自分の首筋をなでた。

「親父が詩織に会ったって言っていたし、秘書の静原君に、婚約者はどんな人かって聞かれたから。それに……」

貴也はそこで黙り込み、手にしていた車の鍵に視線を向けた。

なにか苦い感情をこらえているのか眉間に小さなしわが寄る。

「静原さんが、私のことなにか言っていましたか？」

今朝の攻防を思い浮かべながら詩織が恐る恐る聞くと、貴也はなんでもないというように首を横に振る。

「たいしたことじゃない」

苦い表情でそう言って、貴也は手にしていた鍵をリビングに設置されているローボードの小物入れに置く。

この会話は終わりとピリオドを打つように、ドイツ車のエンブレムがついたリモコンキーと金属性の小物入れが触れる硬質な音が小さく響いた。

貴也が小物入れに使っているそれは、詩織がまだ学生だった頃にお土産として贈ったものだ。

形だけとはいえ四年も婚約していれば、互いの生活に互いの存在が侵食していくものなのだと実感する。

たいして高価でもないその品を、彼が今も使ってくれていることに引っ越してきてすぐに気づいた。その時の感情を思い出し、詩織はざらつく感情を抑え込む。

「ごめんなさい」

「やっぱり……」

心底申し訳なさそうに眉尻を下げる詩織の謝罪に、貴也が息をのむ。

なにが『やっぱり』なのかはわからないけど、静原に投げかけられた言葉の一つひとつが詩織の心を萎縮させる。

仕事中は忘れられるけど、こうやって貴也と向き合うと、彼のなんの役にも立たない自分の非力さが恨めしくなる。

静原の言葉を認めるのは悔しいけど、自分のような人間が貴也の婚約者では彼に恥をかかせることになるのかもしれない。

「受付で偶然おじさまにお会いして中に入れてもらったんだけど、その時の会話で、静原さんには私と貴也さんの関係に気づかれてしまって……」

自分たちの関係は、あくまでかりそめのもの。

それを周囲に知られるのは、貴也にとって迷惑な話だろう。

「静原さんには口止めをしたので、ほかの人には言わないと思います」

とはいっても、受付にいた人や、幸助に付き添っていた社員の口止めまではできなかったので秘密が守られる保証はない。

ちなみに、社長である幸助の態度から、詩織を特別な客と認識した受付の社員は帰る詩織を引き留めタクシーを呼ぼうとした。

どうにか断ることはできたけど、それでも会社を出る際なにか失礼があってはいけないと緊張した面持ちで外まで見送られたのでかなり恥ずかしかった。

そういうことをされると、自分なんかが貴也の婚約者では分不相応に思えてくる。

もし自分に静原のような洗練された大人の女性としての風格があれば、こんな惨めな思いを抱えることはないのだろう。

そしてこの劣等感は自分が貴也の役に立っていないという自覚があるから生まれるものだ。

本当に自分は一方的に彼に与えてもらうばかりで情けない。

「詩織の『ごめんなさい』って、静原君のことか？」

あれこれ思い出しうなだれた姿勢のままコクリとうなずくと、貴也が「なんだ」と笑った。

「え？」

驚いて顔を上げる詩織に、貴也は事もなげに返す。

「詩織にとって迷惑じゃないなら、隠す必要はないよ」

その言葉に詩織は目を瞬かせる。

そんな詩織に、貴也はどうかしたのかと視線で問いかけてくるけど、彼に思いを寄せる身としては、自分からはとても『婚約解消するのにいいの？』『貴也さんは、静原さんのことをどう思ってるの？』とは聞けない。

だから詩織は、料理に集中しているフリをして彼の問いかけを無視する。

その態度にスッキリしないのか訝る様子の貴也だが、それ以上の追及はせずに「そういえば」と話題を変える。

「そういえば午後の会議で詩織の会社と契約することが正式に決まったよ。明日にはこちらから連絡が入ると思う」

「あ、そうなんですね。生駒さん、それなりの手応えは感じたけどどう転ぶかはわからないって言ってたから、心配してたんです」

ランチを奢ってくれた生駒は、その後、詩織と一緒に営業回りをしてくれた。

それは後輩の教育のためもあったのだろうけど、彼自身、サイガ精機の答えを聞くまで落ち着かない気持ちもあったのだろう。

その不安は社長たちも同じで、午後会社に戻ると、社内が妙な緊張感に包まれていたので、先に答えが知れてうれしい。

でも一足遅れで静原の言葉が脳裏に蘇り、弾む心に水を差す。

「ウチに契約を決めたのって、私に気を使ってだったりしますか？」

「まさか」

貴也はとんでもないと目を丸くする。

「会社の大事な情報を預けるんだ、公私混同で決断していいような内容じゃないだろう。今回の件は純粋にマミヤシステムのサービス内容に納得がいったからだ」

嘘を感じさせない貴也の言葉に、詩織は表情を明るくする。

「生駒さん、喜びます」

詩織は声を弾ませ、焼き色のついた鶏肉をまな板で切り分けると、それを皿に取り分けていく。

「彼の成功が、そんなにうれしいのか?」

どこか不機嫌そうな貴也の言葉に、詩織は「もちろん」とうなずき、そのままの流れで手際よく肉汁を利用してソースを作る。

「やっぱり、お前にとって彼は大事な存在なんだな」

貴也はわざわざキッチンスペースに回り込んできた。

苦痛を滲ませた彼の声に、詩織は作業の手を止め彼と向き合う。

そういえばさっき静原の件を謝ろうとした詩織に、貴也は『やっぱり』とつぶやき、詩織の話を聞いてホッとしていた。

(さっきのつぶやきは、生駒さんのことだったんだ)

でも、なにか腑に落ちない。

「生駒さんは、努力家で本当にいい人ですから」

尊敬する先輩を大事に思うのは、普通のことだと思う。

なんとなく言葉のすれ違いを感じながらも、素直な気持ちを言葉にすると、貴也がつらそうに眉根を寄せる。

「ふたりで仲よく食事をする姿を見て、お前があの人をどう思っているか、理解しているつもりでいたんだがな」

どこか悲しげな眼差しを向ける貴也の言葉に昼間のことを思い出す。詩織が誰かの視線を感じたような気がした直後、生駒が貴也の姿を見たと話していた。

あの時はお互いに気のせいだと納得していたけど、どうやら本当にあの場には貴也がいたらしい。

それに生駒の言い方では、貴也は怒っているように見えたとのことだけど……。

若干の違和感を覚えつつ、詩織は自分の素直な気持ちを言葉にする。

「生駒さん、来月にはお子さんが生まれる予定で、育休を取る前に大きな契約を取っておきたいって張りきってたから後輩として素直にうれしいですよ」

「え？」

詩織の言葉に、今度はなぜか貴也が小さく驚く。

「どうかしましたか？」

「いや……生駒さん、既婚者なのか？」

「はい。愛妻家で、よくのろけてますよ。私と入れ替わりのようなタイミングで退職されましたけど、奥さんもマミヤの元社員です」

「……なんで言わないんだよ」

貴也はそう呻《うめ》くと、手のひらで顔を覆ってうつむく。

「なんでって、聞かれなかったからです」

誰が既婚者で誰が独身かなんて、どうでもいいと思うのだけど。

「えっと……ちなみに同期の里実ちゃんは、独身で恋人もいないです」

そんなことを知ってどうするのだと首をかしげつつ報告すると、貴也はそうじゃないと首を振る。大きな手の隙間から覗く彼の顔は、やけに赤い。

九月に入ってからも暑い日が続いてはいるけど、デスクワーク中心の貴也が熱中症にかかっているとは考えにくい。

なによりさっきまで詩織と普通に話していたのだから、それは違うだろう。

「……貴也さん、どうかしましたか？」

彼の手に自分の手を添えて、その顔を覗き込む。

「生駒さんが既婚者かどうかって、そんなに大事ですか？」

軽く膝を曲げてうつむく彼の顔を見上げると、指の隙間からこちらの様子をうかがう貴也と目が合った。

そのままジッと彼を見上げていると、貴也はあきらめたように息を吐き、顔を覆っていた手を詩織の頭にのせる。

「大事だよ」

ぶっきらぼうな口調で返した貴也は、そのまま詩織の髪を乱暴にかき乱す。

「わっ、ちょ、ちょっと……貴也さんっ」

詩織は両手で彼の手首を掴み、どうにか自分の頭から引き離す。

突然なにをするのだと彼を睨もうとして、赤面する彼の顔に閃くものがあった。

貴也と暮らすようになって自分もよくこんな顔をしている。

「貴也さん……もしかして、照れていたりしますか？」

そんなのありえないと思いつつ聞くと貴也の頬の赤みが増す。

それで貴也が照れているのだと確信したのだけど、彼がなににそこまで照れているのかがわからない。

（こんなふうに照れる貴也さんて、なんかレアかも）

理由がわかれば好奇心が先に出る。

「なににそんなに照れているんです？」

「察しろよ」

見上げる姿勢のまま彼に問いかけると、貴也は詩織に掴まれていない方の腕を彼女の腰に回して抱き寄せてきた。

「えっ、貴也さんっ」

突然の抱擁に驚き掴んでいた手を離すと、貴也は両腕で詩織を抱きしめる。されるがまま彼の胸に頬を寄せるとやけに速い彼の鼓動が耳につく。

「えっと……」

察しろと言われても彼に思いを寄せる詩織としては、こんなことされると自分に都合のいい妄想ばかりしてしまう。

それで彼の腕の中で黙り込んでいると貴也があきらめたようにため息をついて、自分の胸の内を吐露する。

「詩織が、生駒さんに好意を寄せているんじゃないかと思って焦ってたんだよ。だからお前をほかの男に取られるのが怖くて、同棲を提案したんだ」

そう言われて、気づくことがある。

貴也がこれまで、婚約解消した後に詩織が根も葉もない噂でイヤな思いをしないようにと気遣い、自分が婚約していることは隠さないが、その相手が誰であるかは極力明かさないようにしていた。

だからこそ、静原も詩織が貴也の婚約者であると知って驚いていたのだ。

それなのに貴也の独断で突然同棲を始めたのだから、互いの両親は結婚秒読みと勘違いしている。

そうなってから婚約解消するなんて、なんだか彼らしくない。

あれこれ考えていると、貴也が不機嫌に続ける。

「今日だって、ふたりで楽しそうに食事をしている姿を見て焦った」

彼が自分と生駒の間を邪推して嫉妬する。

そんなことがあるだろうか？　そうは思うのに、はやる心を抑えられない。

「で、でも、貴也さん、静原さんは？」

「静原君？」

貴也にはこのタイミングで彼女の名前が出てくる理由がわかっていないようだ。

「静原さん、美人で仕事ができて……いろいろ、私とは違うから」

どれだけ努力しても、詩織は彼女のような完璧な女性にはなれない。

彼女に会って自分にないものを心の中で数えて唇を引き結ぶ詩織の姿に、今度は貴也が微かな驚きを示す。

「詩織、お前もしかして、俺と静原君の関係を疑っていたのか？」

「うん」

詩織がコクリとうなずくと、貴也がふわりと笑う。

「バカだな」

愛おしげな声でそうささやいて、詩織を抱きしめる腕に力を込めた。

「だって私、静原さんみたいに美人でも仕事ができるわけでもないから。それに貴也さん、前にキスしたとき……寝言で『ずっと俺のそばにいてくれ』って。それって、ずっと秘書をしてくれている静原さんのことですよね」

詩織の言葉に、貴也は一瞬フリーズした後に「嘘だろ」と呻く。

どうやら相当に恥ずかしい報告だったらしい。

「貴也……さん？」

言葉の真意が知りたくて、詩織は貴也の胸を押して距離を取り彼の表情をうかがう。

でも貴也は片手で自分の顔を隠して詩織の視線から逃れようとする。

それでも根気よく彼の反応を待っていたら、貴也は指のすき間から詩織を見てため息をついた。

「それを聞いたなら、察しろよ」

貴也はぶっきらぼうな口調で返すと、顔を覆っていた手で詩織の頭をガシガシとなでる。

「きゃっ、貴也さん、ちょっと」

髪をクシャクシャとかき混ぜられ、詩織が焦る。

少し腰をかがめて、どうにか彼の手から逃れて乱れた髪を整えていると、不意にまた貴也に抱きしめられた。

「ずっと、お前が俺から離れていくのが怖かったんだよ」

思いもよらない告白に、詩織は「えっ！」と目を丸くする。

「でも私じゃ、貴也さんの役に立たないし……」

弱気な発言をする詩織の思いを読み取り、貴也は困ったように笑う。

「俺にとって詩織は、この世にたったひとりしかいない、かけがえのない存在だ。お前のまっすぐさが、ずっと俺の心の支えだった」

貴也の告白に、涙で視界がぼやける。

「私で、いいんですか？」

詩織は涙で湿った声で聞く。

そんな詩織の首筋に顔をうずめて、貴也が愛おしげな声で「あたり前だ」と答えた。

「お前以外の女性と歩む人生なんて考えられない。だからこれからも、そばにいて俺を支えていてくれ。俺にはお前が必要なんだ」

どこにも行かないでくれと、貴也が詩織を強く抱きしめる。

「うれしいです」

自然とそんな言葉が漏れるのと同時に、重力に引き寄せられるように詩織からも彼の腰に腕を回して体を密着させる。

「詩織、すごくドキドキしているな」

密着させた胸の鼓動を感じ取り、貴也がからかってくる。

そう言われると少し恥ずかしいのだけど、彼が愛おしすぎて離れられない。

「言っちゃだめです」

それどころか想いが通じたことがうれしくて、自然と抱きしめる腕に力が入る。

それは貴也も同じなのか、詩織を抱きしめる腕に力を込めてくる。

そうやって互いに互いの存在を確かめ合っていると、少しだけ冷静になってきた頭にはいくつもの疑問が湧く。

「え……でも……貴也さん、前に私にキスをした時に『間違いだから忘れてくれ』って……」

だから、彼は本音では静原を求めているのだと思ったのに。

恐る恐る一番気になっていたことを確認すると、貴也がまた大きくため息をつく。

「どう考えたって、あのタイミングじゃないだろ」

後悔しているんだからその件に関しては触れてほしくない、とぼそぼそした口調で話す貴也が今度は攻撃に回る。

「お前だって、指輪いらないとか言ってたじゃないか」

「だってそれは……」

貴也が、かりそめの婚約者である自分に形式として買ってくれるという意味だと思ったからだ。

「気持ちがある指輪なら、欲しいです」

照れながら詩織が素直な気持ちを言葉にすると貴也は抱きしめる腕に力を込める。

「じゃあ、今度一緒に選ぼうか」

「うれしいです」

「ちゃんと、左手の薬指の指輪にしてくれよ」

この期に及んで弱気な発言をする貴也がおもしろくて、ついクスリと笑ってしまう。

「愛してる」

彼のそのひと言で、長年もつれていた感情がほどけていく。

「私も貴也さんが好きです」

素直な想いが自然とこぼれ落ちる。

詩織の言葉を噛みしめるように貴也は深い息を吐く。

肌に触れる貴也の息遣いや、息苦しさを感じるほどの強い抱擁に、彼の思いが伝わってくる。だから詩織も自分の気持ちを伝えたくて、彼の背中に回す腕に力を込めた。

そうやって互いに互いの存在を確かめ合っていると、貴也の長い指が詩織の顎を持ち上げた。

「詩織」

甘くかすれた声で貴也が自分の名前を呼ぶ。

その声に詩織は夢見心地で瞼を伏せ、その時を待った。

でも彼の唇は、詩織の唇ではなく額に触れる。

「……え？」

予想とは違う場所に唇が触れたことに驚き目を開けると、貴也が詩織から視線を逸らす。

「これ以上は、自分を抑えられなくなる」

貴也がボソリと言う。

そんな彼をなんとも言えない顔で見上げていると、貴也が困ったような顔をして付け足す。

「今度は、タイミングを間違えたくないんだよ」

それを聞けば、彼が自分をどれほど大事に想ってくれているのかわかる。

だからこそ、彼を求める気持ちを止められない。

「それはそれで、タイミングを間違えていますよ」

はにかむ詩織の言葉に、貴也が驚いた顔をする。

その反応には苦笑いをこぼすしかない。

（わかってないな）

貴也は好きな人に触れたいというのは、男性特有の欲求だと思っているのかもしれないけどそれは違う。

好きな人と触れ合いたいと思うのは人間としての本能的な衝動なのだ。

「詩織」

愛情を凝縮させたような甘い声で、貴也が自分の名前を呼ぶ。

それだけで肌は甘く痺れ、もっと強く彼の存在を感じたいと思ってしまう。

「貴也さん」

もどかしいほどの愛情を込めて名前を呼ぶと、貴也の手が詩織の頬をなでて顎を持ち上げる。

彼の手の動きのままに顔を上げると、「愛している」というささやきとともに、彼の唇が自分の唇に触れた。

思わず漏れる吐息に、貴也の吐息が重なる。

唇を重ねて互いの思いを確かめ合うと貴也が唇を離した。

「夜、この続きをしてもいい？」

その言葉がなにを意味するのかは、詩織にもわかる。

「……はい」

気恥ずかしさで声が小さくなってしまう。

それでも首の動きで、自分の思いをはっきりと伝える。

詩織がコクリとうなずくと貴也が照れ笑いをこぼす。

「とりあえず、着替えてくるよ」

抱擁していた腕をほどいた貴也は名残惜しげに詩織の髪をなでると、着替えるために自室へと向かった。

その夜、先にシャワーを浴びた詩織は本当の意味で貴也とひとつになって眠るために寝室で彼が来るのを待っていた。

室内は低い位置に置かれた間接照明が部屋を淡く照らしているだけだ。

「はぁ……」

ベッドの端に腰を下ろす詩織は身の置きどころがない気持ちでマットレスを叩く。

このマンションに越してきてからずっと、このベッドで彼と一緒に寝ていたのに今はこの部屋にこうしているだけで息苦しいほどの緊張を覚える。

「詩織、入るよ」

どれだけそうしていたのだろう。

部屋を見渡してため息を漏らし、意味なくマットレスを叩く。そんなことを繰り返していると貴也が寝室に入ってきた。

この部屋にひとりでいるのも落ち着かないのに、彼が部屋に入ってくると先ほどまで以上に胸が高鳴って息苦しくなる。

「貴也さん……」

緊張しつつ彼の名前を口にしたけど、それに続く言葉が見つけられない。

詩織がベッドの端に腰掛けたまま硬直していると、貴也は自然な動きで隣に腰を下ろした。

「詩織」

再び自分の名前を呼ぶ貴也が、肩に手を回す。

薄いパジャマの上から触れる彼の手は、大きくて、華奢な詩織とはまったく違う体の造りをしているのだと感じさせられた。

それは貴也も同じなのだろう。

詩織の肩を掴み「簡単に壊れそうな体だな」と、冗談交じりに言う。

「こう見えて、結構タフですよ」

貴也の口調がいつもと変わらないことで、いくぶん緊張がほぐれた詩織も軽い口調で返す。

「そうだな。そしてちょっと無謀で危なっかしい」

詩織の言葉に貴也は目を細めて笑う。

「あ、ひどい」

いつもと変わらないやり取りに詩織もいつもの調子でふくれてみせる。

でも再びこちらを見た貴也の眼差しには、いつもと違う野性的な光が宿っていた。

その表情の変化に詩織は緊張して静かに息をのむ。

貴也は肩を掴んでいるのとは逆の手で彼女の顎をわずかに持ち上げて聞く。

「壊さないよう大事にするから、触れていい？」

男の色気を感じさせるかすれた声に頭が甘く痺れてしまう。

声にするのが恥ずかしくて、詩織が首の動きだけで返事をすると、貴也が唇を重ねてきた。

以前の寝ぼけた時とは違う、愛する人を求める濃厚な大人の口づけ。

キス自体まだ二回目の詩織は、その濃厚な触れ合いにをどうすればいいのかわからない。

貴也がそんな詩織の初心な反応を楽しむように、彼女の口内に舌を挿入して粘膜をくすぐる。

唾液に濡れた舌が歯列をなでる感覚に、脊髄にゾクリとした痺れが走る。

自分を襲う未知の刺激に戸惑いつつ詩織がたどたどしく舌を動かすと、貴也がよりキスの濃度を深めていく。

呼吸のタイミングもわからなくなるほど激しく彼に求められて、頭がクラクラしてくる。

詩織の乱れた息遣いを感じ取ったらしい貴也は、渋々といった感じで詩織を解放すると、唾液に濡れた彼女の唇を指で拭う。

「俺が怖い？」

ただ初めてだから、なにをどうすればいいのかわからないだけだ。

「違っ」

「なら、もっと素直に俺を感じて」

慌てて説明しようとしたのに、獣のような眼差しの貴也に肩を押されて、詩織はベッドに仰向けに倒れ込んだ。

「きゃぁっ」

突然姿勢が変わったことに驚き、細い声が漏れる。

貴也は腕で体重を調整しながら、詩織の上に覆いかぶさってきた。

組み敷かれる姿勢で彼を見上げるのは、これが初めてじゃない。

それなのに今初めて、彼の男としての顔を見たような気がする。

「詩織、愛している」

熱っぽい声でささやく貴也は衝撃で乱れた詩織の髪を整え、首筋に唇を寄せた。

湿った唇が首筋をなでる感触は、互いの唇を重ねる行為とは違う刺激を詩織に与える。彼の唇が通った場所に甘い痺れが生まれ、そこを起点に詩織の肌全体に広がっていく。

その痺れが、怖いのに愛おしい。

「貴也さん、私も……」

愛していると言うより早く、再び彼に唇を奪われた。

先ほど以上に濃厚な口づけに、詩織はもがくように手を動かして、彼の背中をかき抱く。

貴也のまとう上質なパジャマの生地が指に触れる。その生地を指に絡め、詩織は必死に応えた。

口づけだけで、身も心もとろけてしまいそうだ。

貴也はそのまま丁寧な指の動きで詩織のパジャマのボタンをはずし、そっと肩をなでるようにしてそれを脱がす。

直接触れる彼の体温に、詩織は息をのむ。

「怖い？」

詩織の緊張を読み取った貴也が聞く。その言葉に詩織は首を横に振る。

まったく怖くないと言えば嘘になる。

だけど男女が愛し合った先にある当然の営み。それを詩織に教えてくれるのが貴也であるということが、素直にうれしい。

彼にならば、自分の人生のすべてを委ねていいと思えるのだから。

「貴也さんだから、怖くないです」

嘘偽りのない詩織のその言葉に、貴也は大きく息を吐きその額に唇を寄せる。

「出会ってくれてありがとう」

心からの感謝を込めた彼の言葉に、詩織はそれは自分のセリフだと首を振る。

こんなに心から愛おしいと思える人に出会えただけでも奇跡だというのに、その相手に愛されるという奇跡を詩織は素直に受け入れる。

そして最初の言葉通り、貴也は優しく詩織の肌に触れ、彼女に好きな人と体をひとつにする喜びを教えていく。

彼に素肌をさらすのも、秘めたる場所を暴かれるのもすごく恥ずかしいはずなのに、自分でも知らなかった自分の女としての一面を暴かれていく行為が愛おしい。

「貴也さん……」

詩織は、うわごとのように愛する人の名前を呼びながら、彼にその身を委ねた。

「今度、旅行に行かないか？」

初めての行為の後、肌を重ねた後特有の気だるさに身を委ねていた詩織は、貴也のその声に薄く目を開けた。

「旅行……ですか？」

下腹部の鈍い痛みと、彼とひとつになれた充足感。

なにより、叶うはずがないと思っていた恋心が実った喜びに浸っていた詩織は、鈍い思考で彼の言葉をなぞる。

貴也は、乱れた詩織の髪を手櫛で整えながらうなずく。

「いろいろ遠回りしたぶん、今から詩織との思い出をいっぱいつくっていきたい」

「貴也さん」

彼にそんなことを言ってもらえるなんて……。

幸せすぎて、自分は死んでしまうのではないだろうか。

そんなことを思いつつ、横向きに向き合う姿勢で貴也の胸に顔を寄せると、彼の手が背中をなでる。

「四年分のすれ違いを埋めるためにも、まずは恋をするところから始めよう」

彼がそう話すのは、本当の意味で婚約者となったふたりのゴールが結婚だからだ。

「はい」

貴也の胸に額を寄せて、詩織はうなずいた。

ふたりの時間

九月の祝日を利用して、詩織は貴也とふたりで旅行に出かけた。

貴也が詩織を連れていってくれたのは、自然豊かな山梨《やまなし》のリゾートホテルだった。

チェックインを済ませ部屋に案内された詩織は、中に入るなり、「わぁ」と歓声を漏らした。

部屋の奥に開放的な大きな窓があり、圧倒されるほど豊かな自然が視界に飛び込んでくる。周囲の山々を所有するこのホテルは、どの部屋からも人工物が一切視界を妨げない造りになっているのだという。

景色に導かれて窓の外に出ると、よく磨き込まれた木造のテラスが広がっている。

そこには白いソファーセットが配置されていて、心ゆくまで自然を味わえるように配慮されていた。

テラスから見えるバスルームはガラス張りで、露天風呂感覚で外の景色を堪能しながら入浴することができるようだ。

とはいえバスルームに関しては、開放的すぎて詩織には落ち着かない構造という気がする。

「気に入ってくれた？」

貴也が室内から聞く。リビングスペースは木目が美しい天然木をふんだんに使った調度品で統一され、暖かな空間が演出されている。

「はい。とっても」

詩織はスカートの裾をふわりと翻し、彼を振り向いてうなずく。

どこまでも広がる山と空。深い緑が風にそよぐと葉が翻り、波音に似た葉ずれの音が聞こえるとともに緑の濃淡を変化させる。

それは才能ある画家が描いた一幅《いっぷく》の絵画のような美しさがあり、見るものを圧倒する。吹き抜ける風はさわやかで、すべてが完璧に思えた。

「詩織が喜んでくれてよかったよ」

荷物を置いた貴也もベランダに出てきて、詩織と並んで景色を楽しむ。

「なにより、貴也さんと一緒にこの景色を見られたことがうれしいです」

はしゃいだ気持ちに背中を押されて、詩織が素直な気持ちを口にすると、貴也が困ったように口もとを手で隠す。

「貴也さん？」

彼の反応に、自分はなにか失礼なことを言ってしまったのだろうかと不安になる。

小首をかしげて様子をうかがっていると、貴也は詩織の耳もとに顔を寄せた。

「そんなかわいいこと言われると、夜まで待てなくなるけどいい？」

なにを待てなくなるかは、言われなくてもわかる。

「あ……えっと……それは……」

あれこれ想像した詩織が赤面して口をパクパクさせていると、貴也が悪戯っ子の笑みを浮かべる。

「冗談だ。今までさんざん待ったんだから、夜までくらい我慢できるさ」

そう言って頬にキスをする貴也が「でも夜は覚悟しておいて」とささやくので、詩織はまた赤面する。

施設内にいくつかのレストランが併設されており、スタッフの説明を参考に貴也は詩織の好みを踏まえて、デザートに定評があるというフランス料理店での昼食を提案してくれた。

ホテルからレストランまでカート移動もできるとのことだったのだけど、詩織は貴也とともに景色を楽しみたかったので徒歩での移動を選択した。

貴也とふたりで赴いたレストランでは、地元山梨の食材がふんだんに使われていた。桃のリキュールを使用した食前酒に始まり、アミューズ、オードブルと料理を順番に楽しんでいく中、枝豆のポタージュスープを味わった貴也が、ふと思い出したといった感じで山梨における葡萄との歴史はかなり古いのだと教えてくれた。

「古いって、どのくらいですか？」

なんとなく明治《めいじ》以降の話かなと思いつつ訪ねる詩織に、貴也は「平安時代」と返す。

「平安時代」

想像のはるか上をいく歴史の深さに、詩織は素直な驚きを見せた。

貴也は詩織のその反応にうれしそうに目を細め、ワインを味わう。

「その証拠として、五年に一度ご開帳される大善寺《だいぜんじ》の薬師如来《やくしにょらい》像は葡萄を手に携えているそうだ」

「そうなんですね。知らなかったです。葡萄を手にしている薬師如来像、見てみたいな」

詩織が興味を示すと、貴也はその言葉を待ち構えていたように言う。

「残念ながら今年はご開帳の年じゃないが、その時にまたここに来ようか」

どうやら彼は、詩織と先の約束を取りつけたくてこの話をしたらしい。

「いいですね」

そんな提案をしてくれるということは、貴也もこの旅行を楽しんでいて、また詩織とふたりで旅行をしたいと思っていてくれるということだ。

彼とのこれからの日々を想像して、詩織もワイングラスを口に運んだ。

「昼間の飲酒って、すごく背徳感がありますね」

レストランの帰り道、彼と手をつないで歩く詩織は、たゆたうような感覚を楽しみながら言う。

ホテルにはほかにも宿泊客がいるのだろうけど、敷地が広大なためか、周囲に人の気配はない。

小鳥のさえずりが聞こえる中、木漏れ日が眩しい遊歩道を貴也とふたりきりで歩くのは至福の一時だ。

「詩織はそんなに飲んでないだろ」

こちらの歩調に合わせてゆっくり歩く貴也はつないだ手を揺らしながら言う。

詩織はあまりアルコールに強くないので、グラス一杯分のワインしか飲んでいないけど、ふわふわした心地よい気分が続いている。

逆にかなり飲んだはずの貴也は、口調も足取りもいつもと変わらない。

今日の彼は、ゆったりとしたシルエットのスラックスに半袖のシャツを合わせてサンダルを履いている。強い日差しを遮るために装着しているサングラスもあいまって、夏のリゾート感にあふれている。

まとう空気もいつもよりゆったりしたものに感じられ、彼がこの旅行を心から楽しんでいるのが伝わってきてうれしい。

「貴也さんのせいです」

「え？」

唐突な言葉に、貴也が小さく驚く。

「……て」

そんな彼に、詩織はつないだ右手に力を込めてつぶやく。

「なに？」

詩織の言葉がうまく聞き取れなかった貴也は、足を止め軽く腰を曲げて詩織の顔を覗き込み、耳を澄ます。

そんなふうに改まって確認されるとすごく恥ずかしいのだけど、酔った勢いに任せて詩織は素直な自分の想いを口にする。

「幸せすぎて、冷静でいられないんです」

テレながらつぶやいた詩織は、自分の左手を顔の辺りまで持ち上げる。

心地よい九月の日差しを浴びて、詩織の左手薬指でピンクダイヤが輝きを増す。

今朝、旅行に出かける前に貴也からこの指輪を贈られた。

互いの想いを知り肌を重ねた翌日、貴也は斎賀家お抱えの外商である二宮を自宅マンションに招き、ふたりで婚約指輪を選んだ。

きらめく小粒なダイヤが列なる台座の中央にあしらわれたピンクダイヤは、カットも見事で、どの角度から見ても存在感のある輝きを放っている。

ひと目見てかわいいと思ったのだけど、近年透明度の高いピンクダイヤが希少で値が張ることを承知していた詩織は、それには興味を持っていないフリをしていた。

だけど貴也が詩織の小芝居を見抜けないはずもなく、色白な詩織にはよく似合うと言ってこの指輪を選んだ。そうやって貴也は、あいかわらず自己中心的なフリをして詩織の願いを叶えてしまう。

最初二宮の話では、サイズ直しに少し時間がかかると言っていたが、旅行に間に合うよう貴也が頼んでくれたようだ。

指輪をもらえるのはまだ先の話だと思っていたのに、身支度を済ませて旅行に出発しようと車に乗り込んだらサプライズのように指輪を渡されたのだから、胸の高鳴りを抑えられない。

「幸せすぎて怖いのは、俺の方だよ。四年前、詩織との婚約を決めた時は、こんな幸せが待っているなんて考えてもいなかった」

指輪の存在を素直に喜ぶ詩織の姿を見て貴也が幸せそうに目を細める。

でもそれは、詩織のセリフだ。

四年前、大学生だった詩織は、自分の家族が置かれている状況をなんとかしたくて貴也に結婚を申し出た。

あの時はそれが最善の策だと思ったのだけど、今ならそれがどれだけバカげた発想かはわかる。当時すでに十分に大人だった貴也に、勢いだけで突っ走る自分の姿がどう映っていたのか。考えると恥ずかしい。

だからそんな自分が、今こうして彼と手をつないで歩いているのが不思議でならなかった。

「あの時の私は、本当に子どもでした」

これ以上ないほどの幸福感に浸っていた詩織が、出会った日のことを思い出して苦い顔をする。

「たしかに出会った時の詩織は、周りを確認せずに突っ走る子犬のようで、見ていてヒヤヒヤさせられたよ」

当時を思い出したのか、貴也がクスクスと笑う。

「できれば忘れてください」

「でも、あの頃の詩織に出会えてよかったよ。成長した後に出会ってたら、きっとほかの男に取られていた」

旅先のためか食事を取りながらワインを楽しんだせいか、今日の彼はやけに饒舌だ。

彼の言葉に照れて詩織が視線を落とすと、貴也はつないでいる手を軽く引いて詩織の視線を自分へと向けさせる。

「本気でそう思ってる」

詩織が見上げると、貴也は至極真剣な顔でそう告げる。

「ありがとうございます。でも今の私があるのは、あの時、貴也さんが助けてくれたからです」

彼の言葉にお礼を言った詩織は、そう肩をすくめる。

そしてあの時自分を子ども扱いした貴也に、大人の女性と認めてほしくてこれまでがんばってきたのだと打ち明けた。

再び歩き出しながら詩織の話に耳を傾ける貴也は、くすぐったそうに笑う。

そして彼は詩織の話のお返しに、社会に出た詩織の成長に驚き、どんどん自立していくその姿に心引かれると同時に、いつか自分から離れていくのではないかと不安を覚えたのだと打ち明けてくれた。

そうやって、長い間微妙にすれ違っていたふたりの思いを答え合わせしていくのは楽しいのだけど、結果、詩織が生駒に心引かれているのではないかと貴也が不安になり、突然の同棲につながったというのだから笑うしかない。

「たしかに生駒さんは、頼りになる先輩です。尊敬もしています。だけど、それとこれとは話が別ですよ」

自分だって貴也と静原の関係を邪推して気をもんでいたくせに、それは棚に上げておく。そこを突いてこないのは貴也の優しさだ。

「本音を言えば、詩織が俺以外の男を頼ったり、尊敬したりするだけでもおもしろくないんだけどな」

詩織の言葉に、貴也が恥ずかしそうに胸の内を吐露する。

彼のその告白を、詩織はクスクスと笑う。

「バカですね」

「男は、惚れた女の前ではバカなんだよ」

きっと貴也はかなり酔っているのだろう。

だからこんな甘いセリフを、惜しみなく詩織に向けてくるのだ。

(でも酔った時の方が、人は本音を話すとも言うよね)

もしそうなら、詩織も、酔ったせいにして自分の正直な想いを伝えておきたい。

そう決意した詩織は再び足を止め、つないでいた手を離すと、弾むような足取りで貴也の前へと回った。

彼女の不意の動きに驚く貴也の目を見つめ、心からの想いを込めて告げる。

「こんな素敵な人がそばにいて、ほかの誰かを好きになるなんてありえません。私の心は、出会った時から貴也さんのものです」

「詩織……」

貴也が愛おしげにその名前を呼んだ時、ふたりの間を強い風が吹き抜けていった。

「キャッ」

その勢いに驚いた詩織が一瞬首をすくめ、すぐに視線を彼へと戻す。貴也はそんな彼女に手を伸ばし、風で乱れた髪を整えてくれた。

「詩織は、綺麗な髪をしているな」

そう話す貴也の手が、髪ではなく詩織の頬をなでる。

貴重な美術品を扱うような彼の触れ方をくすぐったく思いつつ彼を見上げると、貴也がわずかに腰を屈める。

その動きで彼がなにを求めているのか理解して、詩織は、わずかに首を逸らせて瞼を伏せた。

遠くで風が梢を揺らす音を聞きながらそっと唇を重ねると、微かな震えに彼の緊張を感じた。

自分に触れることに貴也ほどの人がなぜ……そんな思いを感じるとともに、今日この日を迎えるまでにかけた時間のすべてが愛おしくなる。

「今度は、タイミング間違えなかった?」

「バカ……」

どう答えればいいかわからない詩織が、甘えた声でそうなじると、貴也はくすぐったそうに笑い、再びその手を取って歩き出す。

四年前の自分たちではこんな自然なやり取りはとても無理だっただろう。

自分の家の窮地を救ってほしいと彼に見合いを申し込んだ頃の詩織にとって、年の離れた貴也はただただ見上げるばかりの完璧な御曹司様として映っていた。

そんな彼とこうやって自然に語り合い手を取り合って歩くには、この四年間は必要な時間だったのだろう。

そんな思いを噛みしめながら、詩織は貴也と並んで歩いた。

◇◇◇

その日の夜、詩織は落ち着かない思いでベッドルームに入った。

ダウンライトの間接照明だけで照らされる室内は、中央にキングサイズのベッドが置かれていても狭さを感じさせない。

リビングスペース同様、やわらかな色味の木造家具で統一されていて、ゆったりとした開放感があり、この部屋の窓からも大自然の美しさを堪能できるようになっていた。夜のとばりに包まれたこの時間は、満点の星空を目にすることができる。

「うわぁ」

身の置きどころがわからず窓へと歩み寄った詩織は、夜空の美しさに息をのんだ。

東京の夜とは違う濃い闇の中に、無数の星が瞬いている。

強く存在感を放つ星もあれば、弱く輝く星もあり、それらの星々が集まって光の帯をつくっている。白い靄《もや》に包まれるようにして伸びるそれが、天の川なのだろう。

さっきまで貴也と過ごしていた部屋からも星は見えてはいたけど、薄暗いこの部屋から見た方が圧倒的な存在感がある。

あまりの美しさにじっと空を見上げていると、背後で扉が開く音がした。

「なに見てるの？」

詩織の後でバスルームを使った貴也が、こちらへと歩み寄ってくる。

「星が綺麗で、驚いてました」

その言葉を確かめるように空を見上げる貴也は、自然な動きで詩織の肩を抱く。

「バスルームからも見えたのに、詩織、ブラインドを下ろして入っただろ」

お風呂に入る前に貴也から教えられていたのだけど、恥ずかしいので閉めた状態で入浴した。だから今の今まで、この夜空の美しさに気づかなかったのだ。

ちなみに貴也には一緒に入ろうと誘われたのだけど、それももちろん断った。

「だって、恥ずかしいじゃないですか……」

拗ねたような口調で詩織が言うと、貴也が優しく笑い彼女の首筋に顔を寄せてささやく。

「これからもっと恥ずかしいことをするのに？」

わざとこちらの羞恥を煽る言葉とともに、まだ湿り気の残る彼の髪が頬に触れる。

その感覚に、詩織の心臓が大きく跳ねた。

それだけで脳が甘く痺れ、体に熱が灯るのが自分でもわかる。

互いの想いを知った日、初めて彼と肌を重ねた。だけどまだまだ不慣れで、詩織は自分の内側から湧き上がる感情を持てあます。

こんな時どんな顔をすればいいかわからず視線を落としていると、彼が首筋にキスをする。

艶かしい唇の感触に詩織がビクリと肩を跳ねさせると、貴也は「おいで」と詩織をベッドへと誘う。

さっきまで身の置きどころがわからなくて落ち着かなかったのに、貴也に触れられた途端、緊張がほぐれていくのだから不思議だ。

「詩織」

並んでベッドに腰を下ろす貴也が、優しく名前を呼ぶ。

その声に導かれるように視線を向けると、貴也が詩織の顎を捉えて唇を重ねてきた。

彼の息づかいをじかに感じ、肌に甘い痺れが走る。

その痺れが愛おしいと、詩織は自分からも彼の背中に腕を絡めた。

重ねた唇を離した貴也は、あらわになった詩織の首筋に舌でくすぐる。

「詩織の肌、甘いな」

「そ、そんな……」

思いがけない言葉に、詩織は羞恥で息をのむ。

それでいて彼から与えられる刺激に、下腹部が疼く。

そんな自分の反応も恥ずかしくて仕方ないのに、彼を求める気持ちは加速していく。

詩織が微かに首の角度を変えると、それに応えるように貴也が再び唇を重ねる。

(きっと人間は、愛するという行為を本能で学んでいるんだ)

互いの存在を確かめるように濃厚な口づけを交わす詩織は、ふとそんなことを思う。

だから彼に触れられると、胸に愛おしさが込み上げてくるのだろう。

「貴也さん……すごく好きです」

濃厚な口づけの合間にささやくと、貴也も「愛してる」とささやく。

ダウンライトの微かな明かりと、窓から差し込む星の瞬きだけしか光源がないのに、思いのほかハッキリと彼の顔が見える。

陰影のある彼の顔を綺麗だと思うのと同時に、彼の目に自分がどう映っているか心配になる。

でも真剣な表情で自分を求めてくれている彼と見つめ合うと、愛おしさが胸を支配してそんなことはどうでもよくなる。

「愛しています」

「俺の方が愛してる」

変なところで張り合ってくる貴也の瞳には、雄としての劣情が揺らめいている。

これまで知ることのなかった彼の表情に、詩織の女性としての本能も刺激され、彼に触れられたいと心から願う。

自分の中にこんな感情があるなんて知らなかった。それに彼がこんな表情を見せることも。

四年も一緒にいたのに……。

この人をもっと知りたい。そして自分を知ってほしい。

そんなふうに思いながら、詩織は貴也と肌を重ねた。

◇◇◇

夜中ふと目を覚ました貴也は、半分ほど開いたカーテンの隙間から差し込む淡い光の筋をぼんやりと眺めた。

窓の外はまだ暗く、木々の葉が波のように黒い影となって風に揺れている。

少し体を起こして傍らに視線を落とせば、窓から差し込む月明かりに、詩織の寝顔が浮かび上がる。

彼女の眠りを妨げないよう注意しながら、貴也は詩織の頬にかかる髪を優しい手つきで整える。

「ごめん」

なんの反応も示さない詩織の寝顔につい謝ってしまうのは、かなり激しく求めた自覚があるからだ。

まだそういった行為に不慣れな詩織の負担を考えて優しく触れるつもりでいたのに、気がつけば彼女の体に溺れていた。

誰よりも優しく詩織に接したいと思っているのに、一度彼女に触れると自己の欲望を抑えられなくなる。

彼女に愛されていると確認して、安堵したい。

離れている時でも自分を忘れないよう、己の存在を深く刻んでおきたい。

そんな衝動にせき立てられ、彼女を激しく求める気持ちを止められなかった。

それで満足したのかと言えば、長年耐えてきたぶん、枷がはずれた男の本能はとどまることを知らないのだから困ったものだ。

さすがに疲弊しきっている詩織の眠りを妨げたりはしないが、誰かを愛するというのは、自分ひとりでは解消できない飢えを抱えて生きなければならないことなのだと詩織に触れて初めて知った。

それは、これまでずっと、斎賀家の御曹司に生まれて充足した人生を送ってきた貴也が知る初めての感覚だ。

もちろん、恩恵と引き換えにそれ相応の結果が求められたのだが、それに応えられるだけの才覚が貴也には備わっていたので、問題なくこれまでの日々を送ってきた。

そんな自分が、ただひとりの女性に溺れ、彼女を失う不安に怯える日がくるなんて想像したこともなかった。

それでいてその飢えさえ、詩織を愛するゆえの衝動だと思うと受け入れられてしまうのだから愛情とは本当に恐ろしい。

自分はもう詩織なしでは生きられないのだから、早く彼女と正式な夫婦になりたい。

詩織の寝顔を見守りながら、そのためにはなにが必要かと、貴也はあれこれ思考を巡らせた。

その日のために

「最近、斎賀が仕事熱心すぎて迷惑なんだけど」

十月最初の日曜日、貴也が仕事のため実家に顔を出していた詩織は、偶然同じタイミングで遊びに来ていた悠介の言葉にしらけた視線を向けた。

弟の海斗は、ゼミの友達と遊びに行っているとのことで留守だった。

「仕事に熱心なのは褒めるべきなんじゃないの？」

悠介の言う〝仕事〟とは、もちろん専務としての本義ではなく、神崎テクノの業務を指しているのだろう。

それならば本来がんばるべきは貴也ではなく神崎テクノに勤務する悠介である。

それに先月、山梨を旅行した際、朝目覚めるなり貴也に『神崎テクノの業務改善のめどが着いたら結婚しよう』とプロポーズされた身としては、これしか言えない。

「がんばってください」

詩織の応援に悠介は心底イヤそうに口角を下げる。

「一時期の危機的状況は脱したんだから、あとはのんびりまったりでいいだろ。俺はぬるく生きていたいんだよ」

悠介は駄々をこねる子どものような口調でひとしきり騒ぐと、ご機嫌な様子で詩織の母が焼いたパイを食べる。

ひとり息子で甘やかされて育ったこの従兄は、がんばる時はがんばってくれるのだけど、基本努力するのが嫌いだ。

(悠介さんって、よく考えたら貴也さんと同い年なんだよね)

どちらも留年経験はないし、大学時代からの付き合いなのだから同い年で間違いないのだけど、なんとなく目の前でパイにぱくつく悠介を見ていると、その事実がしっくりこない。

ついでに言うと、貴也と同じ大学を卒業した悠介は勉強もかなりできるはずである。なのにふたりの性格がこうも違うのは、持って生まれた資質の問題なのか、置かれている環境の違いからくるものなのか……。

そんなどうでもいいことをぼんやりと考えていると、悠介と不意に目が合った。

詩織と目が合った悠介は、その視線を詩織の左手薬指へと移動させニンマリと笑う。

「なによ」

思わず右手で左手薬指を隠して、悠介を睨む。

そんな詩織の反応を見て、彼はまたニンマリとする。

「まあ、斎賀の考えがわからんわけじゃないけどな」

悠介が貴也の意図をどこまで正確に理解しているのかはわからないけど、貴也は、ふたりの結婚は神崎テクノの経営を長期的懸念がない状況まで回復させてからの方がいいと考えている。

理由としては今の神崎テクノにおける貴也の立場は、業務提携を結び、自社の特許技術を使用させる交換条件として、過去のような不祥事が二度と起きないよう神崎テクノの業務改善を求めるという体裁を取っているためだ。

神崎テクノとしても、今はまだサイガ精機の機嫌を損ねて手を切られては困るのだ。だから現状、大きく反対する者もいない。

だけどふたりが結婚すれば、事情は変わってくるのだという。

これまで婚約については一部幹部が知っている程度の情報だったが、結婚となれば関係は公のものとなる。

そうなればサイガ精機の次期社長である貴也が、娘婿として経営に口出しをする形になるので、神崎テクノの社員の中には自社が乗っ取られるのではないかと懸念する者も現れ、新たな混乱の火種となりかねない。

詩織の弟である海斗が就職するタイミングで、そういった混乱は避けたいのだと貴也は言う。

将来的には神崎テクノを継ぐにしても、新入社員として入ってくる海斗には、まずは安定した状況で経営の基礎を学ばせてあげたいと、未来の義弟を気にかけてくれている。

当初の貴也の計画では、海斗が就職するタイミングで自分から一方的な婚約解消を申し出て、その謝罪の意味も込めて特許技術使用を継続させるつもりだったという。

そうすれば婚約解消された詩織に恥をかかせることにはなるが、特許技術使用の許可を得た事情が事情なだけに、反対派閥を口出ししにくい状況に追いやれるので安心して手を引ける。

あの時、子どもを泣かしたお詫びにと自分と婚約してくれた貴也は、ちゃんとそこまで考えていたのだ。

婚約指輪を渡され、山梨へと向かう車の中で彼からその話を聞かされた詩織は、四年前の自分の浅はかさを真剣に反省した。

同時に、そんな彼と結婚できる自分はつくづく幸せだと思う。

「そうだな。来年には海斗も我が社に就職するし、こちらのがんばりどころだな」

そう口を挟むのは詩織の父である篤だ。

これまで黙ってふたりのやり取りに耳を傾けていた篤は、膝の上に広げていた本を閉じて詩織へと視線を向ける。

「詩織の幸せの邪魔をするわけにはいかないからな」

家族は、ふたりの関係がもともとは神崎テクノの窮地を救うためのかりそめのものだったとは知らないはず。それでもこの頃の貴也と詩織の態度から、なにかしら察するものがあるのかもしれない。

最近の篤はこれまでとは異なる雰囲気でふたりの背中を押してくれる。

さすがに自社の社長に言われればあきらめもつくのか、悠介も渋々といった感じでうなずく。

そんなふうにまとまっていく話を締めくくるように、母の牧子が晴れやかな表情で詩織を見る。

「じゃあ詩織も、そろそろお仕事を辞める準備をしなさいね」

「はい？」

「結婚、するんでしょ？　貴也さんと」

「するよ。もちろん」

なにを言われたのかわからないとキョトンとする詩織に、牧子もキョトン顔を返す。

お互い相手がなにを言っているのかわからず黙って見つめ合っていると、悠介が間に入ってくれた。

「叔母さんは、斎賀と結婚するなら、仕事を辞めて専業主婦になるんだよなって確認しているんだよ」

「え、なんで？　私、仕事辞めないよ」

悠介の説明でやっと母の言葉の意味が理解できた。

とはいえ貴也と結婚するだけなのに、どうして仕事を辞めなきゃいけないのかはわからない。

結婚に伴って貴也が転勤するというのであれば話は変わってくるかもしれないけど、専務である貴也は当然本社勤務である。

この先もし詩織が妊娠したとしても、育児休暇などを利用すればいいだけだ。

納得がいかないと話す詩織に、牧子だけでなく篤まであぜんとした顔をしている。

そんなふたり同様に渋い顔をする悠介が口を開く。

「お前の仕事って、たしか、中小企業の営業だよな？」

「そうだよ」

わざわざ〝中小企業〟をつけてもらいたくないが、マミヤシステムの規模としてその表現は間違っていない。

「だとしたら、それはさすがに……」

そこで一度言葉を切り、困ったように頭をかく悠介は、小さく咳払いをしてこう続ける。

「斎賀のためを思うなら、仕事は辞めてやれ」

「え？　どうして？」

どうしてそれが貴也のためなのか、本気で理解できない。

目を丸くする詩織に牧子があきれ顔で言う。

「世間体が悪いからに決まっているでしょ」

「え？　だって……」

自分はなにも世間に恥じるような仕事はしていない。というか、ちゃんと自立していることを褒めてほしいくらいだ。

それなのに三人とも、聞き分けのない子どもを相手にするかのような眼差しを向けてくる。

「親の会社を手伝っているとか、自分で企業を立ち上げたとかいうならともかく、お前が普通の会社で普通に働くと、貴也の稼ぎが悪いとか、アイツが十分な生活費を渡さないせいだとか妙な噂が立って、斎賀の家に恥をかかせることになりかねないんだよ。それにお前の会社とサイガ精機との間に仕事の付き合いがあると、斎賀が公私混同してるって思われるだろうし」

「そんな……」

「詩織が就職した時もちょうどウチがゴタゴタした時期だったから、神崎テクノはいよいよ倒産するんじゃないかとか、家内は火の車らしいとか、さんざんな噂を立てられたんだから」

あきれたようにため息をつく牧子の言葉に、詩織は反論の言葉をのみ込んだ。

「まあそんな噂が立ったのは私のふがいなさもあるし、自分の子どものすることだからかまわないさ。だがこれまでさんざん助けてもらった斎賀の家に、そんな思いをさせるわけにはいかないだろ」

牧子に続く篤の言葉に顔が熱くなる。

両親が詩織の就職に反対した理由に、こんな事情が含まれていたなんて知らなかった。そしてなんだかんだ小言を言いながらも、両親は自分のためにそんな噂に耐えていてくれたなんて……。

社長令嬢という立場に甘えず、自立を目指す自分の生き方こそ正しいと信じていたのに、自分の意見を通すことで周囲に迷惑をかけていたなんて考えてもいなかった。いざとなれば自分が家族を守るくらいのつもりでいたが、結局自分は家族に守られ続けていたらしい。

「斎賀はお前に甘いから、自分から仕事を辞めてほしいとは言わない。だからこそ、こっちが察してやらないとな」

悠介が優しく諭すような口調で言う。

普段は頼りない悠介だけど、こういう時は兄のような優しさで詩織に接してくれる。一気に萎れる詩織がよほどかわいそうに思えたのか、牧子は結婚して落ち着いたら一緒に旅行でもと誘ってくれた。篤も、カルチャースクールに通ってはどうか提案する。悠介も、暇を持てあましている自分の母親の買い物にでも付き合ってやってくれと言う。

誰も詩織を責めてはいない。仕事を辞めた詩織が寂しくないようにと、さまざまな提案までしてくれる。

労働は決して悪いことではない。ただ今は神崎テクノの社長令嬢として、サイガ精機次期社長の妻として、生き方を改めてほしいと言っているだけだ。

三人の言い分も理解できる。だけどうなずこうとすると、仕事を教えてくれた生駒や、席を並べる里実の顔がちらついてその決断ができない。マミヤシステムで過ごした日々を考えると簡単には受け入れられないのだ。

「ちょっと考えさせて」

胸に込み上げるさまざまな感情をどうにかのみ込んで、詩織はそう返した。


その日の夜、貴也と暮らすマンションで夕食の準備をしていた詩織は、手もとに影がかかるのを感じて顔を上げた。

見ると、カウンターキッチンの向こう側に、シャワーを終えた貴也が立っていた。

「おなか空きましたか？　もう少しだけ待ってください」

詩織は、明るい口調で言う。

実家での話し合いはとりあえず保留にして、彼のためにおいしいご飯を作ろうと気持ちを切り替え、よかったら先に簡単な酒の肴でも用意しようかと提案する。

「詩織のそばにいたいだけだよ」

貴也は、カウンターに備えつけてある椅子に腰を下ろした。

そうやってうつむき加減になって料理をする詩織の視界に入り込むと、優しい声音で聞く。

「神崎の家でなにかあった？」

「え？」

実家でのやり取りについて貴也にはなにも話していない。両親の方から貴也になにか言うとも思えない。

だから彼がなぜそんな質問をしてくるのかわからなくて、戸惑いから視線をさまよわせる。

そんな詩織の表情を見て、貴也は困ったように笑う。

「いろいろ遠回りをしたぶん、詩織のことはよく見てきたつもりだ。だからなにかあったくらい、すぐにわかるよ」

(うまく感情を隠しているつもりだったのに……)

取り繕うのが下手な自分を恨めしく思う反面、詩織の些細な変化を見逃さない貴也の心遣いがうれしくもある。

「ちゃんと話して」

うれしいような、泣きたいような気分でいると、貴也が優しい声で先を促す。

その誘いに乗って正直に今日の出来事を報告すれば、優しい貴也のことだ、詩織の好きにすればいいと言ってくれるだろう。

（でもそれじゃあ……四年前となにも変わらない）

四年前、勢いだけで突っ走る詩織と婚約をしてくれた貴也は、ちゃんとその後の出口まで準備してくれていた。

貴也から、自分が悪者になり、神崎テクノの権利を守った上で詩織を自由にするつもりだったと教えてもらったのは、ふたりが正式な意味で婚約者になった後だった。

貴也はいつもそうやって多くの責任をひとりで背負い込もうとする。

そんな彼と対等な関係を築いて、彼を支えられる存在になりたいと思っているなら、いつまでも彼の優しさに甘えていちゃだめだ。

だからといって、うまく嘘をつき続けられるほど詩織は器用な性格をしていない。

「悠介さんに、貴也さんが仕事に熱心すぎるってぼやかれました。あと両親に、結婚のタイミングをいろいろ探られて、なんだか疲れちゃいました」

嘘ではないけど、本当でもない。

真実をぼかした詩織の説明に貴也が目尻に優しいしわを刻む。

「望月はもう少しがんばらせて大丈夫だろ。ていうか、アイツはやればできるんだから、もっとがんばるべきだ」

悠介との付き合いが長い貴也はその証拠として、大学での論文提出なんかも悠介は『自分にはできない』『間に合わない』などさんざんと騒ぐくせに、最後にはいつもきっちり仕上げていたと話した。

「それ、もっと子どもの頃からそうです」

従兄なので、悠介とは詩織の方が貴也より付き合いが長い。

古い記憶のどこを掘り返しても、悠介は宿題や家の手伝いを前に弱音を吐くくせに、最後にはきちんと終わらせるのだ。

詩織がそう言うと、貴也も大きくうなずく。

「だからアイツには、容赦なくがんばってもらうつもりだ」

そう宣言する貴也は指先で自分の顎のラインをなぞって続ける。

「結婚のタイミングは、神崎テクノの運営状況を考えるともう少し先がいいとは思うけど、詩織が望んでくれるなら、俺は今すぐにでもしたいと思っているよ」

「え？」

思いがけない言葉に野菜を切っていた手を止めて彼を見つめると、貴也は軽く顎を持ち上げ、色気あふれる声でささやく。

「早く詩織を独占して、安心したいんだよ」

貴也のようなパーフェクトな男性が、自分に独占欲を示すという状況はいまだにな
れないけど、それでいて詩織の女性としての自尊心を刺激する。
本音で言えば、詩織だって早く貴也と結婚して正式な夫婦になりたいと思う。
「えっと……私も早く、貴也さんと結婚したいです」
赤面しつつも詩織が素直な思いを口にすると、貴也が表情をほころばせる。
「じゃあ、せめて結納だけでもするか。そうすれば、神崎のご両親も少しは安心して
くれるんじゃないかな」
たしかに、そうすれば両親は喜ぶだろうし、詩織だってもちろんうれしい。
だけど同時に、詩織に退職を急かしてくるのも目に見えている。
「……結納も、もう少し先でもいいですか？」
せっかくの貴也の申し出にもあれこれ考えて素直に喜べない。
それでも貴也に嫌われたくない詩織は急いで言葉を足す。
「ほら今、貴也さんの会社とウチの会社で商談がまとまって、システム運用の準備を
している最中だから、せめてそれが落ち着いてからの方がいいと思うんです」
九月、貴也が詩織に話して聞かせた通りにサイガ精機から正式な受注を受け、技術
部が希望のニーズに沿ったプログラムの作成中だ。

そんな中、来週末から生駒が育休に入るので、交渉の窓口を詩織が引き継ぐことになっている。

「たしかに、さすがにこのタイミングじゃないか」

詩織に言われて思い出したといった感じで、貴也が少し残念そうに同意する。

「焦りすぎてるな」

そして自分の提案を笑い飛ばして立ち上がった。

「やっぱり、飲んで待つとするかな」

カウンターを回り込む貴也に、詩織が思わず確認する。

「あの、怒りました？」

せっかく貴也が結婚や結納の申し出をしてくれているのに、自分はそれを素直に喜べない。

彼が大好きで、両家の親もふたりの結婚を待ち望んでくれているというのに……。

(私、すごくワガママだよね……)

貴也のような人に愛されて、プロポーズまでされるだけでも奇跡みたいな話なのに、その上、まだ望むものがあるなんて。

反省して肩を落としていると、冷蔵庫から取り出したビールを片手に歩み寄った貴也に背中から抱きしめられた。

「俺が、どれだけ気長に詩織に片想いしていたと思っているんだ？　あと少しくらい、待てるに決まっているよ」

詩織の耳もとに顔を寄せ、甘い声で言う。

そして詩織の腰に回す腕に力を込めて「ご飯は、だんだん待てなくなってきているけど」と最後は冗談にして、グラスを手にカウンターへと戻っていった。

翌日の月曜日、同僚の里実と昼食を取る詩織は、何気ない感じを装って質問を投げかける。

「里実ちゃんって、もし結婚したら仕事はどうするか決めてる？」

天気がよく、さわやかな秋風が吹いているので、今日は会社近くの公園でランチをする流れになった。

公園に来る途中にあるパン屋で買ったメロンパンにかぶりつく里実は、詩織の質問に大きく目を見開く。

「えっ、なに？　詩織ちゃん、もう結婚するの？」

一緒に買ったお茶で無理やりほうばっていたパンを流し込んだ里実が、前のめりに聞いてくる。

三人掛けのベンチの両端に座り、間に互いの荷物を置く形で食事をしていた詩織は、里実の勢いに驚き、背中を反らせた。

だけどどんぐりを連想させる大きな瞳を爛々と輝かせる里実は、詩織がうしろに下がったぶん、身を乗り出して距離を詰めてくる。

彼女には最近、長年片想いだと思っていた人と実は両想いだったことが発覚したとだけ報告してある。

貴也の素性や自分の家柄などに関しては、恥ずかしいので引き続き秘密のままだ。

「結婚はまだまだ先だけど、もしそうなったら里実ちゃんならどうするかなと思って」

「そういうのわかる。好きな人ができると、あれこれ想像して、シミュレーションしちゃうよね。私なんか恋をすると、結婚したら……どころか、子どもの名前まで考える時があるもん」

好きな人ができた段階でそこまで想像するのはさすがに早すぎる気もするけど、姿勢を戻した里実はうっとりとした表情で続ける。

「私なら、旦那様になる人の状況に合わせるかな」

「状況？」

「経済的な事情で働かなきゃいけないなら働くし、私も働くとお互いの生活リズムがすれ違っちゃうなら、仕事を辞めるか転職すると思う。せっかく好きな人と結婚するなら、仲よく暮らすための環境づくりを一番に考えたいじゃない。いざとなれば仕事は条件に合ったものを後から探せるけど、旦那さんになる人は世界にひとりしかいないんだから」

「たしかにそうかも」

里実の意見は、これまで詩織にはなかった考え方だ。

「結婚はひとりじゃできないんだから、とりあえず相手と話し合って決めていくのが正解なんじゃないかな?」

そう言ってメロンパンを頬張る里実の前髪を、心地よい秋風が揺らす。

自分が抱える問題を解決するヒントを、里実にもらった気がする。

「ありがとう。里実ちゃんの言う通りかも」

週末にでも、貴也と少し話し合った方がいいかもしれない。

「いいなぁ。私も運命の人と出会いたい。出会ったら、絶対ビビビッてわかるのに」

ベンチに座る里実は、子どもみたいに足をバタバタさせて唸る。

運命の王子様に出会ったら一瞬でわかると話し、日々人脈を広げている里実ではあるが、まだその相手に出会えていないらしい。

(心から愛せる人に出会えた。それだけで十分幸せなことだよね)

「私の王子様はどこかな～」

ふざけてはしゃぐ里実と食事をしていると、昨日から抱えていた消化不良の思いが少し軽くなるのを感じた。

「ありがとう。里実ちゃんに話してよかった」

「お礼は、私の王子様を見つけてきてくれればいいよ」

リラックスした詩織の表情を見てうれしそうに笑う里実がそう催促してくるけど、さすがにそれは難しい。

詩織は「見つけたら教えるね」と、お茶を濁しておいた。

その週の水曜日、詩織は生駒とふたり、サイガ精機を訪れていた。

訪問の目的は、育休に入る彼から詩織に窓口が引き継がれる旨を伝え、担当者との顔合わせをするためである。

生駒が受付で入館手続きを取ろうとすると、そのうしろに立つ詩織の姿に気づいた社員が「そのままどうぞ」と案内しかけるので、大きく首を振ってそれを止めた。

「ふ・つ・う・に・て・つ・づ・き・し・て・く・だ・さ・い」

生駒に気づかれないよう、口パクで必死に訴える。

以前届け物をしに来た際、偶然通りかかった社長の幸助に『この子は顔パスで通していい』と言われているので、その言いつけを守ろうとしてくれたようだけど、詩織としては困る。

こちらの必死の訴えに、受付の社員は緊張した面持ちで小さくうなずくと、通常の受付手続きに入ってくれた。

とはいっても今日の場合、事前連絡をしてあるので、代表者の名前を書いて本人確認をすれば手続きは済むのだけど。

「なんか受付の人、やたら神崎を意識してなかったか？」

受付で渡されたＩＤカードを首から下げる生駒は、通された会議室で担当者が来るのを待つ隙に詩織に聞く。

「気のせいじゃないですか」

椅子に行儀よく座る詩織は、涼しい顔で嘘をつく。

（生駒さんの仕事を引き継ぐなら、貴也さんから普通の対応してもらうよう頼んでおいた方がいいよね）

そういう意味でも、この先の働き方に関しては貴也と話し合う必要がある。

「気のせいかな……」

こめかみに指を添え、高い位置に視線を向ける生駒は、どこか納得のいかない様子である。

記憶を巻き戻して、先ほどの社員の反応を思い出しているらしい。

「それより、お子さんはどうですか？」

生駒の奥さんは先月末、無事に第一子になる男の子を出産した。

里帰り出産なので、育休に入ったら生駒は自分の運転で家族を迎えに行くという。

先週末、ひとまず我が子に会いに行ってきたという生駒は、『よくぞ聞いてくれました』といいたげな表情で話し始める。

「黄疸《おうだん》もすっかり引いて、夜泣きも少ないから急いで育休に入らなくても大丈夫だって奥さんは言ってくれたんだけど、俺が早く一緒にいたいんだよな……」

愛妻家の生駒としては、家族について話したくて仕方なかったらしい。

嬉々として父親の顔で家族について話す生駒の姿に、詩織は心を和ませる。

(子どもができたら、貴也さんもこんな顔で誰かに私たちのことを話してくれるのかな?)

先日、一緒にお昼を食べた里美が〝好きな人ができたら結婚どころか子どもの名前まで想像する〟と話した時は気が早すぎると苦笑いしたけど、自分もたいして変わらない。

まだ結納も済ませていないのに、ふたりの間に子どもができた場合を想像すると、ついついニヤける。

そうやって心のどこかで貴也と自分の今後に状況を重ねながら生駒の話を聞いていると、会議室の扉を叩く音が響いた。

ノックの音に生駒は口をつぐみ、詩織は姿勢を正す。

ふたりしてすばやく頭を仕事モードに切り替えると扉が開いた。

「失礼します」

そんな声とともに会議室に姿を見せたのは貴也の秘書である静原だ。

彼女の登場に、詩織は静かに驚いた。

ただの営業担当の交代に、貴也まで顔を出すとは思っていなかったからだ。

（どうしよう……）

貴也の方でも公私を分けて話してくれるとは思うけど、それならそうでひと言くらい教えておいてくれてもいいのに。

妙な緊張を感じて若干貴也を恨めしく思う詩織だけど、静原の後に続く人の姿はない。

（あれ？）

ひとりで会議室に入ってきた静原の手には、トレイがのせられている。

器用に片手でトレイを持ち、もう一方の手で扉を閉めた彼女は、にこやかな表情で口を開く。

「お待たせして申し訳ありません。じき担当の者が参りますので、コーヒーでも飲んでお待ちください」

そう話しながら静原がこちらに歩み寄ると、ふわりとコーヒーの香りが漂う。

芳醇な香りから、インスタントではなく挽き豆をドリップして淹れたものなのだとわかる。

「お気遣いいただいてすみません」

焼き菓子とともに出されるコーヒーに生駒は恐縮しきりだが、詩織としては前回エレベーターで攻撃的な言葉を浴びせてきた静原の気遣いにどうしても警戒心が働く。

(毒とか入ってたらどうしよう……)

さすがにそれは冗談だけど、彼女から出されたコーヒーを素直に飲んでも大丈夫かは少し悩む。

そもそも貴也の秘書である彼女が、わざわざコーヒーを運んできた状況が解せない。

警戒しつつ彼女の動きを見ていると、生駒の次に詩織の前にコーヒーを置こうとした静原が「あっ」と小さな声を漏らした。

それと同時に、詩織の胸もとに鈍い熱が広がる。

「え……?」

不意の刺激に驚き視線を落とすと、白いブラウスの胸もとに琥珀色のシミが広がっている。

色とそこから漂う芳醇な香りから、一拍遅れで、彼女にコーヒーをかけられたのだと理解した。

とはいっても、カップの中のコーヒーすべてをぶちまけたわけではなく、ソーサーの上にカップを置こうとした手がすべった勢いで何割かのコーヒーが詩織にかかってしまったという感じだ。

ただ偶然跳ねたにしては量が多いので、意図的な行動なのだろうけど。

「申し訳ありません」

静原がオロオロしながら詫びてくる。そしてそのまま自分のスーツのポケットから取り出したハンカチで詩織のブラウスのシミを拭く。

その姿はとてもしおらしいのだけど、どう考えてもわざとだ。

大事な顔合わせの前にブラウスを汚されたのは悲しいけど、毒入りコーヒーを飲まされるより数倍マシではある。

すばやくそう頭を切り替え、詩織は隣でどうしたものかと成り行きを見守っていた生駒を見た。

「すみませんが、とりあえず簡単に水洗いしてきます」

幸いにもコーヒーが飛んだ面積は狭いので、無理のない範囲で水洗いして、会議室に入った時に脱いだジャケットを羽織れば目立たないだろう。

そう判断した詩織がジャケットを片手に立ち上がると、静原が「では、ご案内させていただきます」と、トレイをテーブルに置く。

「お手洗いの場所だけ教えていただければ大丈夫です」

「いえ。汚してしまったのは私の不手際ですし、正直に申し上げますと、あまり他社の方に勝手に社内を歩かれても困ります」

正直、彼女と一緒に行動したくない。やんわりと彼女の案内を断りたかったのだけど、そう言われると従うしかない。

時間ももったいないので渋々ではあるが、詩織は静原の案内を受けることにした。

詩織の前を歩く静原は、不意に立ち止まると社員証をかざしてどこかの部屋の扉の電子ロックを解除した。

「あれ？」

周囲をうかがいつつ扉を開ける彼女の姿に、詩織は戸惑いの声を漏らした。

てっきりお手洗いに案内してもらえると思っていたのに、どうやら違うらしい。

静原は顎の動きで詩織についてくるよう合図すると無言で中へと入っていく。

それで仕方なく詩織もその後に続いた。入ってみると、そこも会議室だった。

大きなテーブルを数人で囲むように椅子が配置されているのは先ほどの部屋と同じなのだが、正面の右端には演台があり、壁には可動式のロールスクリーンが下げられている。演台の上には、デスクトップタイプのパソコンも設置されている。

おそらく、資料や動画を使用したディスカッションが必要な時に使用するための部屋なのだろう。

「ここで待っていてください」

部屋の中に視線を巡らせていると、戸口に立っていた静原は部屋を出ていった。

「え……っ」

一瞬閉じ込められたのかと思い、扉を押すと難なく開く。

それで廊下に顔だけ出して周囲を確認してみたけど辺りに人の気配はない。

(閉じ込められたわけじゃないなら、少しこのまま待った方がいいよね？)

先ほど静原が言っていた通り、いくつもの特殊技術を保有しているサイガ精機は他社の社員が単独で行動することを嫌う。

そんな場所で、マミヤシステムの社員として訪れている詩織が勝手に動き回れば相手方の心証を悪くすることになる。

詩織が首を引っ込めておとなしく待っていると、ほどなくして静原は濡れタオルを手に戻ってきた。そしてそれを不機嫌な表情で詩織に差し出す。

「あ、ありがとうございます」

戸惑いつつも受け取った詩織は、ジャケットを脱ぎシミを拭く。

それを眺める静原は、詩織が適当な椅子にかけたジャケットを手に取った。

「安っぽい服。まあ、あなたにはお似合いだけど」

ジャケットのタグを触りノンブランドであることを確認した静原が、嘲りの笑みを浮かべる。

「神崎の社長令嬢だかなんだか知らないけど、専務ほどの人の隣を、あなた程度の女が歩くなんて許せないわ。あの人の隣を歩く権利は、もっと上質な女にこそふさわしいのよ」

感情を押し殺しているからこそ、彼女の内側で押さえようのない怒りの炎が揺らめいているのが感じられて怖い。

でもだからこそ、短い言葉に彼女の本音が垣間見えて腹が立つ。

「そんな話をするために、私にコーヒーをかけたんですか？」

タオルでブラウスのシミを押さえながら詩織が聞くと、静原はニッと唇の両端を持ち上げて笑う。

だとしたら、お手洗いではなくこの場所に詩織を案内したのは、このやり取りを誰かに聞かれないためなのだろう。

「だって私、彼と結婚するためにこの会社に入ったのよ。父としても、私と専務の結婚を今も望んでいるわ。私自身、彼くらいの人じゃないと満足できないし」

以前悠介から、静原はかなりの発言力を持ったサイガ精機の古参社員の娘で、父親は詩織と貴也が婚約していなければ、自分の娘と貴也を結婚させたかったのだと聞いている。その野望はどうやら現在進行形のようだ。

（くだらない）

詩織は仕事の話をするためにこの場所に来たというのに、彼女はこんなくだらない話をするために故意に人のブラウスを汚したのだ。

そんなことを平気でやれるような人に、人間の質について語ってほしくない。

詩織は背筋を伸ばし、静原を見上げた。

詩織に比べて彼女の方が背が高く、間近で見る顔は、同性の詩織から見てもやっぱり美しい。

初めて会った時は、自分の理想を具現化したような存在だと感じたけれど、今は彼女のようになりたいなんて絶対に考えない。

そう思えるのは、互いの本音を確認し合ったあの日、貴也が『俺にとって詩織は、この世にたったひとりしかいない、かけがえのない存在』『お前のまっすぐさが、ずっと俺の心の支えだった』と言ってくれたからだ。

まだまだ未熟で静原のような華はないかもしれないけど、彼が愛してくれる自分を卑下したくない。

詩織は大きく息を吸って呼吸を整えると、毅然として思いを告げる。

「貴也さんに誰がふさわしいか、それを決めるのは、私でも静原さんでもなく、貴也さん自身です」

これまでだって貴也はすべてを自分ひとりで決めてきた。詩織との婚約や同棲もひとりで決断した彼は、いつもその結果生じる責任のすべてを自分で背負う覚悟をしている。

詩織としては、その強さが、彼をひどく孤独にしているんじゃないかと心配になる。だから自分が彼のお荷物であり続けるのがイヤで、自立できるようがんばってきた。

その結果、今のふたりの関係があるのだから、こんな人に負けたくない。

「貴也さんが私を選んでくれたのなら、私は彼に愛してもらえる存在であり続ける努力をするだけです」

自分たちの関係に、静原の意見など必要ない。

毅然とした詩織の態度に一瞬だけひるんだ静原だが、すぐに奥歯を強く噛んで言い返す。

「なに、社長令嬢ってだけで、ずいぶん偉そうね。なんの苦労も知らないお嬢様が偉そうに人生語らないでほしいわ。社長令嬢って肩書きがなければ専務だってあなたに見向きもしなかったのに」

それは偏見だ。

たしかに恵まれた環境で育ったかもしれないけど、社長令嬢に生まれたからこその悩みが、詩織にだってある。

四年前、自分から貴也に政略結婚を申し込んだ時だって、稚拙なりに家族を思って行動を起こしたのだし、その時に自分のふがいなさを思い知らされて自立を目指した。

その結果、そんな詩織だからこそと好きになったと貴也に告白された時には、人生のご褒美をもらったような気がした。

だからこれからも仕事と結婚の両方をがんばっていきたいと思っていたのに、それが家族の迷惑になると知らされた。

そうやって詩織だって、詩織なりの悩みを抱えて、それでも貴也と一緒にいたくてもがいている。

それに貴也だって、なんの苦労もない御曹司というわけではない。

与えられるものが大きいからこそ、プレッシャーも大きい。

彼は常に会社や社員のためを思い、最善を尽くすべく努力している。

そしてその社員の中には、もちろん静原も含まれていて……。

（この状況を知ったら、貴也さんはきっと悲しむ）

詩織の苦悩や葛藤、貴也の優しさが渦を巻き、偏見に満ちた彼女の言葉が悔しくて仕方ない。

だけど、一緒に仕事をしている貴也の苦労さえ理解しようとしない彼女に、自分の感情をぶつけても思いは届かないだろう。

「どんな人にも、その人なりの苦労はあります」

だからきっと、こんな非常識な振る舞いをする静原にも、彼女なりの苦労はあるのだろうけど……。

詩織はこれ以上話し合う気はないという意思表示のために、手にしていたタオルを再度彼女の方に突き出した。

すると今度は静原もタオルを受け取り、それと交換するように詩織にジャケットを返す。

渡されたジャケットを羽織りボタンを留めると、予想通りブラウスの汚れはどうにか隠せそうだ。

（よかった）

安堵からなんとなくシミの辺りをジャケットの上からポンポン叩いていると、静原が言う。

「もう一度だけ言っておくけど、あなたなんか、専務にふさわしくないわ」

それを決めるのは貴也だともう一度彼女に言ったところで、さっきの会話の繰り返しになるだけだ。自分は彼女と議論するために、この会社に来たわけじゃない。

そろそろ相手方も来る頃かもしれないので、詩織は無言で一礼して静原に背中を向けた。

そのまま会議室を出ていこうとする詩織の背中に、静原が「警告はしてあげたわよ」と呪詛《じゅそ》のような言葉を投げつける。

そんな彼女の態度に若干の不安を抱きながら廊下に出た詩織は、気持ちを切り替えて生駒がいる部屋へと急いだ。

詩織が戻ると、ほどなくしてサイガ精機の担当者も到着して、引き継ぎの顔合わせは順調に進められた。

もともと最終プレゼンの前に生駒と担当者の間でかなり話は詰めてあったし、正式契約後の一カ月で、あらかたの道筋は生駒と技術開発部のスタッフでつくり上げた。だからあとはシステムの本格導入までに、新たに出てくる要望や、試験運用を行って浮き彫りになってくる問題点を見つけて、技術部門との調整役をしていくのが主な仕事になる。

これまでの経験上、試験運用開始から納期までは修羅場と化すけど、今のこの時期は凪のような状態なので、顔合わせもいたって穏やかに進んだ。

先方の担当者と生駒がともに学生時代野球をしていたという共通点があり、家族構成も似ているため、雑談メインの顔合わせとなり、あまり緊張せずに済んだ。

そんな気楽な打ち合わせが終わると、サイガ精機の担当者は、一階までふたりを見送りに出てくれた。

「お時間いただき、ありがとうございます」

詩織は生駒とともに担当者に頭を下げる。

静原の件を除けばすべてが滞りなく済んだことに安堵して、詩織は笑顔でＩＤカードを受付に返した。

その間も、生駒と担当者はなにか話し込んでいる。スイングする腕の動きからすると野球の話なのだろう。

（さて、あとは帰るだけ）

軽やかな思いでフロアを見渡した詩織は、いつの間にやら自分の背後に人が立っていたことに驚いた。

一歩後ずさりして、その人の服装を確認して目を瞬かせた。

そのまま視線を上げていくと、詩織と目が合った警備員がなんとも曖昧に会釈をくれる。

「失礼ですが……」

これまで数回サイガ精機を訪れているけど、一階フロアに常駐している警備員に話しかけられたのはこれが初めてだ。

そのせいでなにもうしろめたくないのに、妙に緊張してしまう。

「あの……なにか？」

こわばった表情で見上げる詩織の反応を違う意味に捉えたようで、相手の表情が一気に険しくなる。

「お手持ちの品の確認をさせていただいてもよろしいでしょうか?」

口調こそ質問の形を取っているが、有無を言わせない気迫がある。

「どうぞ」

その勢いに気負されたわけではないけど、詩織は素直に自分のバッグを差し出した。

もちろんそれは、詩織にうしろめたいものがないからだ。

それなのに詩織のバッグを受け取った警備員は、それだけでは足りないと言いたげにバッグを受け取った腕を伸ばしたまま続ける。

「上着もお預かりしていいでしょうか?」

「えと、それは……」

ジャケットを脱ぐとブラウスのシミが目立つ。

それが気になって、人の出入りがある場所でジャケットを脱ぐのをためらってしまう。そんな詩織の反応を見て、警備員の表情が一気に険しくなる。

「なにか不都合でも?」

「神崎……」

担当者と談笑を続けていた生駒がこちらの異変に気づき、戸惑いの声を漏らす。

自分たちを見送りに来ていた担当者も心配そうな顔をしている。

　これ以上ここで押し問答しても戸惑いが増すだけで誰の利益にもならない。

「……どうぞ」

　詩織は小さくため息を漏らし、ジャケットを渡した。

「失礼」

　形だけの断りを入れて警備員は詩織のジャケットのポケットを探る。その動きには迷いがなく、なにか確証があるように見えた。

　なにごとかと周囲の視線が集まる中、詩織のジャケットを探る警備員の手が不意に止まった。それと同時に、彼の眉間に深いしわが刻まれる。

「これは？」

　そう言ってポケットから引き抜かれた警備員の手には小さななにかが握られている。細く小さな銀色のそれは、女性の小指の第二関節程度の大きさしかない。

（なに？）

　ジャケットのポケットになにかを入れていた記憶がない詩織は、彼が持つそれに目を懲らす。

「ＵＳＢ？」

　隣に立つ生駒がつぶやく。

彼の言葉で、詩織も警備員の彼が手にしているものがなんであるかを理解した。

理解すると同時に背筋に冷たいものが走る。

多くの特許技術を保有しているサイガ精機では、社内での携帯の使用を控えるよう言われているくらいだ。USBなんて無断で持ち込んでいいはずがない。

詩織だってそれは十分承知しているし、そもそも、そのUSBに見覚えがない。

「どうして……？」

わけがわからず混乱する詩織の脳裏に蘇る光景があった。

さっき、コーヒーのシミを取るために通された会議室で、詩織では貴也にふさわしくないと話す静原は詩織のジャケットを手にしていた。

あの時はノンブランドのスーツを着る詩織をバカにするための行動だと思っていたけど、彼女の真の目的はここにあったのだ。

これまでだって、彼女の言動に社会人としてどうかと思うところは多々あった。

そんな彼女が詩織を貶《おとし》めるために用意したUSBの中身は、きっとろくでもないものなのだろう。

詩織の予想を裏づけるように、徐々にできつつある人だかりの向こうに、こちらを見て笑う静原の姿があった。

その表情に、頭の芯が熱くなる。

「神崎……」

状況についていけていない生駒がかすれた声を漏らす。

「私は、やましいことはしていません」

わけのわからない状況に一度は背筋が冷たくなったが、これが静原の嫌がらせだとわかれば怒りのあまり逆に冷静になれる。

「とりあえず、別室で少しお話を伺ってもよろしいでしょうか？」

「はい」

険しい表情で警備員に移動を促され、詩織は毅然とした表情でうなずいた。

警備員の案内を受け、詩織と生駒は先ほどまで談笑を楽しんでいた会議室へと戻された。

「おい……神崎、なにがどうなっているんだ？」

ふたりを誘導した警備員の監視を受けながら、責任者の到着を待つ生駒が弱気な声を漏らす。

すべてがとばっちりでしかない彼には本当に申し訳ない。

ただ責任者の到着を待つ短い時間でこの状況のすべてを説明するのは難しいので、

「私は無実です」と短く告げる。

「それはわかってるよ」

生駒も短く返す。

間髪をいれず返された言葉に驚いて視線を向けると、生駒が真剣な表情で付け足す。

「神崎の仕事ぶりは新人教育の時からちゃんと見てきた。真面目で素直でズルがない。だからこそサイガ精機の後任をお前に任せたんだ」

「ありがとうございます」

手放しで自分を信じてくれる生駒の言葉に目頭の奥が熱くなる。

詩織が深く頭を下げた時、硬いノックの音が響き扉が開いた。

入ってきたのは険しい表情をした少し中年の男女がふたり。そしてそのうしろに静原が続く。

貴也の姿がないことにわずかな焦燥を感じるけど、詩織が主張すべき内容は変わらない。

「警備の者から簡単に説明を受けていますが、無許可での持ち込みを固くお断りしている外部記憶装置を持たれていたそうですが？」

詩織と生駒と向き合う形で座るなり、男性の方がそう切り出す。そしてテーブルの中央に置かれたUSBへと視線を向ける。

詩織のスーツから発見された後、ほかのものとすり替えていないと証明するためにか、詩織たちがこの部屋に通された時からテーブルの中央に置かれている。

警備員が見守っているので誤解を招かないよう詩織たちはそれに触れていない。

「弊社の静原の話によりますと、そちらのマミヤシステムの女性社員の方がブラウスにコーヒーをこぼし、汚れを落とすために洗面所を借りたいと話されたため、その案内をしようとしたと……」

事実確認をするためかゆっくりした口調で女性社員が話すと、その言葉を引き継ぐように静原が口を開いた。

「ええ、最初は女性用トイレにご案内しようとしたのですが、誰が来るかわからない場所ではイヤだとそちらの神崎さんがおっしゃったので、使用されていない会議室にご案内しました」

「その動きは廊下に設置されている防犯カメラでも確認してあります。もちろん、使用許可の下りていない会議室に社外の方を通した弊社の静原にも落ち度はありますが、その静原が、神崎さんに頼まれて濡れタオルを準備し戻ってくると、あなたが会議室のパソコンに触れているのを目にしたということで、不審に思い警備の者に報告しました」

女性社員が静原の言葉を引き継いで端的に説明する。

「会議室へと誘導したのはそちらにいる静原さんで、私から希望したわけではありません。防犯カメラの映像があるのでしたら、その時の会話をご確認いただけませんか?」

「申し訳ありませんが、防犯カメラに録音機能は搭載されておりません。それに、映像で確認できるのは廊下でのおふたりの動きのみですので」

その回答に詩織は静かに奥歯を噛みしめる。

今の言い方から考えて会議室の中にまでは防犯カメラが設置されていないのだろう。だとすれば、室内での実際のやり取りを証明することは不可能だ。

「そしてその防犯カメラの映像には、大変申し上げにくいのですが、会議室にひとり残されたあなたが廊下に顔を出し、周囲に人の気配がないのを確認してすぐに部屋の扉を閉める姿が映っていました」

「あっ」

男性社員の言葉に思わず声が漏れた。

詩織には、彼が言うその光景に思いあたる節がある。

ひとり会議室に取り残された際、閉じ込められたのではないかと不安になって、扉が施錠されていないか確認するついでに誰かいないかと思って周囲を見渡した。

そして廊下に人の姿がなかったからこそ、あらぬ誤解を招かないようと首を引っ込めた動きが逆の意味に取られている。

そしてその悪い流れは、今も続いているのだろう。

思わず声を漏らした詩織の動きに反応して、女性社員の眉がピクリと大きく跳ねた。

「申し訳ありませんが、こちらとしてはいろいろな可能性を疑わざるをえない状況が揃いすぎています」

女性社員のその言葉に、静原が密やかに笑う。

彼女と肩を並べているサイガ精機の社員には見えないが、詩織の隣に座る生駒はその表情を見逃さない。彼女に視線を向け、グッと息をのむ。

詩織も悔しさに机の下で拳を握りしめるけど、ここであきらめるつもりはない。

「でしたら、そのUSBの指紋を確認していただけませんか？　それは私の私物ではありませんし、どうして私のスーツのポケットに入っていたのかはわかりません。その証拠に、私の指紋はついていないはずです」

こんなバカげた嫌がらせに屈しない。

詩織は静原へと視線を向けて続ける。

「そしてもしほかの誰かの指紋が検出されたのであれば、その指紋の主に話を聞けば、多少なり判明する事実もあると思います」

あの時静原は、手袋などは装着していなかった。

逆にこのUSBを発見した警備員は手袋をしていたし、その存在を知らなかった詩織はもちろん触れていない。

だから指紋が出るとすれば、それは静原のものだ。

やましいことがないから、臆する必要はない。

毅然とした態度で意見を述べる詩織の姿勢に、静原を除くふたりのサイガ精機社員に戸惑いの表情が浮かぶ。

自分たちがなにか大きな勘違いをしているのではないかと思い至った様子のふたりは、どうしたものかと互いに目配せしている。

そんな中、静原が口角を上げる。

「本当に面の皮が厚いっ」

一瞬、詩織でさえ見惚れてしまうほど妖艶な笑みを浮かべた彼女は、すぐに表情を切り替え、大げさに息を吐いた。

ため息をつき、額に手を添える彼女の動きは、ひどく芝居がかって見える。だけど、華やかな容姿の彼女がやると様になる。

周囲の視線が自分に集まっているのを確かめて、静原が続ける。

「指紋がついていないって、そんなのポケットに入れる前に拭き取ればいいだけの話でしょ。それなのに、偶然触れた誰かに罪をなすりつけようとするなんて」

そう話す静原は、何気ない仕草で腕を伸ばしてテーブルに置かれていたＵＳＢをヒョイと持ち上げる。

「あっ！」

「こんなふうに、何気なく触れた私の指紋が検出されたら、あなたは私を犯人に仕立てるつもりなのかしら」

彼女の思いがけない行動に思わず目を見開く詩織に静原はニッと笑う。そして、手にしたＵＳＢを見せびらかすようにヒラヒラと揺らしながら、視線を生駒に向ける。

「そもそもマミヤシステムさんは、自分たちの会社が神崎テクノに利用されていることに気づいていらっしゃる？」

「神崎テクノ？」

突然出てきた名前に、詩織以外の面々が不思議そうな顔をした。

彼女の真の狙いを理解してひとり表情をこわばらせる詩織を見て、静原は勝者の笑みを浮かべる。

「そもそも私が、社の規則を犯してまで神崎さんの要望を通したのは、彼女が神崎テクノのご令嬢だからです。社長より、特別な便宜を図るよう指示を受けていますので、そのような対応をさせていただきました」

「へ？」

静原の言葉に、生駒は間の抜けた表情を浮かべる。

一社員として詩織に接してきた彼は、なにか奇妙な冗談を耳にしたような顔で詩織の表情をうかがう。

戸惑う彼の視線を頬に感じたけど、今はそれに応える余裕がない。

「あら、同僚にも自分の素性を隠してたのね。産業スパイとしては、見事な働きぶりと褒めるべきなのかしら」

生駒の反応から状況を察した静原が言う。

たしかに詩織はずっと職場の人間に自分の素性を隠していた。

でもそれは、いつか産業スパイとして働くためじゃない。

社長令嬢ではなく、神崎詩織個人として、自分を評価してほしかったから。

ただそれだけなのに、静原は詩織の思いを、さも犯罪行為のように取り扱う。

「私の仕事に、神崎テクノは関係ありません」

「どうかしら？　それはこのＵＳＢの中身を確認すれば、ハッキリするでしょうね」

静原は、詩織の主張を鼻先であしらう。

（絶対、神崎テクノに不利な情報が入っている）

静原の狙いは詩織を貶めるだけでなく、サイガ精機と神崎テクノの業務提携を解消させることにあるのだろう。

さっき会議室で詩織に『あなたなんか、専務にふさわしくない』と断言した静原は、意味深な表情で『警告はしてあげた』と捨てゼリフを残していた。

そして宣言通り、彼女の警告を聞き入れなかった詩織を罠にはめようとしている。

ふたりの仲を決定的に引き裂くために、サイガ精機と神崎テクノの関係を仲違いさせたいのだ。

（それが、どれほどの人に迷惑をかけるかわからないの……）

悔しすぎて泣きたくなる。

下唇を噛んで込み上げるものをこらえる詩織に気をよくしたのか、静原は勢いづく。

「そもそもマミヤシステムみたいな弱小企業に、ウチが業務委託するなんてありえない話です。専務と、こちらの神崎テクノのご令嬢には以前から面識があるそうですから、彼女が強引に専務に契約を迫り、ビジネスでつながりのある専務としては、承諾するしかなかったのではないでしょうか？」

「違っ」

貴也が契約を決めたのは、生駒の営業努力とマミヤシステムの技術力に納得してくれたからだ。

だけど詩織がそう反論するよりも早く、静原が言葉を続ける。

「それだけでも公私混同も甚《はなは》だしいのに、彼女の真の目的は、神崎テクノと無関係なふうを装って弊社に潜り込み、弊社の重要情報を盗み出すことだったんです」

朗々と持論を述べる静原は、もったいつけるようにUSBメモリーを振る。

周囲の視線が自分に集まるのを確認して、ニッと口角を上げる静原の表情は美しいのに醜悪だ。

こんな人に仕事も恋も邪魔されたくないと思うのに、あらがい方がわからない。

「すべては納められている情報を確認すればわかることですが、内容によっては、神崎テクノとの業務提携も打ち切るべきでしょうね。私の父にもその旨は報告しておくわ」

これだけの証拠を揃えて、社内で発言力があるという彼女の父が意見すれば、静原が描いたシナリオ通りに事態は動いていくだろう。

家族の顔を思い浮かべ、詩織は唇を噛む。

必死にあがいても、あっさり彼女の策略にのみ込まれてしまう。

もし今、サイガ精機との業務提携を打ち切られたら、やっと体勢を立て直しつつある神崎テクノや詩織の家族はどうなるのか。

それに貴也との関係だって……。

大事なものを失う恐怖で指先が震える。

自分を見下ろす静原に自分の震えを悟られないよう、詩織は拳を強く握り込んだ。

それでもこちらの緊張が表情に出ているのだろう。目が合うと、静原の笑みが醜悪さを増す。

こんな女性に負けたくないと思うのに、どう戦えばいいのかがわからない。

自分のふがいなさに泣きそうになった時、部屋にノックの音が響いた。

硬い音が二回響いたかと思うと、返事を待つことなく扉が開かれ、険しい表情をした貴也が部屋に入ってきた。

彼のうしろからもうひとり、眼鏡をかけた小柄な男性が続く。

（貴也さん）

「専務、どうしてここに……」

心の中で彼の名前を呼ぶ詩織の向かいで静原が戸惑いの声を漏らす。

やけに緊張した声から察するに、貴也の登場は彼女にとっても計算外の事態らしい。

「終日視察の予定だったが、父から連絡があって。受付にいた社員から気になる報告を受けたと」

貴也は自分がこの場所に現れた理由をそう説明して、室内を見渡す。

無表情で周囲を確認した貴也は、ＵＳＢを手に固まる静原の姿に視線を留めると、次に詩織を見た。

でもすぐに、詩織の隣の生駒へと視線を移す。

「状況についてはおおむね社の者から聞きました。ＵＳＢの内容を含め、このような事態を招いた経緯について社内で一度精査させていただきたく思います」

そう話す貴也の傍ら、彼と一緒に入室した男性がテーブルに着き、手にしていたパソコンを立ち上げる。

無駄のない動きで操作する彼の動きを横目でうかがい、貴也が言う。

「すべての事実確認が終わるまで、マミヤシステムさんには別室にてお待ちいただいてもよろしいでしょうか？」

「承知いたしました」

立ち上がる生駒は、自分のスマホをテーブルに伏せて置く。

そのついでといった感じで、ズボンのポケットからハンカチを取り出し、ポケットを裏返してそこになにも入っていないことを証明する。

「荷物はすべて置いていきますので、確認したいものがあれば勝手に調べていただいて結構です」

穏やかな口調で話す生駒から怒りの感情は感じられない。詩織の潔白を信じているからこそ、落ち着いて踏むべき手順を進めていくという感じだ。

彼がそこまで冷静でいられるのは、これまで商談を進めてきた中で、貴也たちと築いた信頼関係があるからだ。

チラリと見上げると、生駒は詩織に大丈夫だとうなずく。

それに応えるように自分もうなずく詩織は、彼を真似てスマホをはじめとした荷物すべてをその場に残して席を立つ。

社員に誘導され会議室を出るふたりを貴也が戸口まで見送ってくれる。扉を押さえる貴也は、部屋を出ていく詩織にそっと「大丈夫だから」と耳打ちをする。

結局彼に頼るしかない自分が情けない。

「ごめんなさい」

眉尻を下げて小声で謝る詩織の耳もとで、貴也が「バカだな」と小さく笑う。

「お前の問題は、俺の問題だ」

当然のように貴也が言う。

将来を約束した貴也にとって、それは当然の考えなのだろう。

(そうか、ひとりでがんばらなくていいんだ)

フッと肩から力が抜ける。

それは一方的に相手を頼って依存するという意味ではなく、長い人生の中で困難な問題に直面した際、互いに支え合って問題解決をしていけばいいという意味だ。

そう納得して、詩織は深くうなずいた。

信じてる

　サイガ精機の社員に案内されたのは応接室だった。

　先ほどまでの会議室とは違い、座り心地のよさそうなソファーとテーブルが設置され、開放的な広い窓からは太陽光が差し込んでいる。

「お前、本当に社長令嬢なの？」

　用意されたコーヒーをすすり、生駒が聞く。

　彼の向かいのソファーに腰掛ける詩織はコクリとうなずいた。

「マジなのか」

　黙ってうなずく詩織を見て生駒が唸る。

「すみません」

　詩織は深く頭を下げた。

　なにも悪いことはしていないのだけど、この状況を招いた原因は自分にある。

「まあ俺だって、大富豪の御曹司だって黙ってるもんな」

「えっ！　本当ですか？」

思いがけない情報に詩織が驚き顔を上げる。

そんな詩織の反応を見て、生駒がニヤリと笑う。

「冗談だよ。普通にサラリーマン家庭の次男坊だよ」

「なんだ……」

「なんだとはなんだ、失礼な」

そう言って生駒はまた笑う。

「すみません」

詩織が素直に謝ると、彼はまたカップを口に運んで言う。

「バカ、それも冗談に決まってるだろ。世間話のノリでもない限り、一緒に仕事してでもお互いの家庭環境についてまで触れない。それが普通だよ」

だから、詩織が自分の素性を隠していたことに非はないので気にするなと慰めてくれる。

「ただここの専務と個人的な面識があるなら、それは事前に報告すべきだったたな。正直、それなら引き継ぎの話も受けるべきじゃなかった」

詩織の気持ちが落ち着いたのを見計らって、生駒が叱る。

たしかにその通りだ。

詩織が最初に自分の置かれている環境を周囲に説明しておけば、静原の罠にはめられ、多くの人に迷惑をかけるような事態に陥ることはなかったのだろう。

「すみません」

貴也や家族に仕事をがんばっていると認めてほしいといった個人的感情が先に出て、そんな基本常識が抜け落ちていた。

「今回の場合、悪いのは静原って人だけど。あの人、なんの狙いがあってこんな騒動起こしているんだ……」

先ほどのやり取りで、生駒にもおおよその状況は理解できているのだろう。

でもその動機まではわからないと首をかしげる。

ここまで状況を理解できているのなら、隠す必要はない。

詩織は、自分と貴也が婚約したことで叶わなかった静原の縁談話を含め、静原が自分のスーツにUSBを潜ませたであろう経緯や、その時交わした会話などを生駒に話した。

「……なるほど。完全なる逆恨みじゃないか」

詩織の話を聞き終えた生駒は、「くだらん」と切り捨てる。

「正直、私もそう思っています」

だからこそ、周囲を巻き込んだ騒動となっているのがつらい。

もしこのまま自分の無実を証明できなければ、会社や家族や貴也、そういった自分が大事に思うものすべてに迷惑がかかる。

「まあ、斎賀専務を信じて待つしかないよな」

思考を放り出すように大きく伸びをした生駒は、姿勢を戻すとぼんやりと窓の外を眺める。

「結婚したら仕事を辞めるのか?」

窓の外に視線を向けたまま生駒が聞く。スマホも書類もすべて預けてきたため、暇を持てあまして興味本位で質問したという感じだ。

そのくらい肩の力が抜けた質問だからこそ、詩織も難しく考えずに、素直な気持ちを打ち明ける。

「正直、悩んでいます。今回の件で、貴也さんにも会社にも迷惑をかける結果となって。このまま仕事を続ける権利が私にあるのかなって、悩んでしまいます」

そもそも、自分が家族の反対を押しきって就職したのがいけなかったのではないか。

そんな気分にもなってくる。

肩を落として萎れる詩織に、生駒はあきれたように息を吐く。

「俺の個人的な意見としては、仕事の借りは仕事で返すべきだと思うけどな。年単位で時間をかけて仕事を教えて、やっと形になってきたスタッフに一度のミスでいちいち辞められたら企業が回らないだろ」

そういう考え方もあるのかと目を瞬かせる詩織に、生駒は「だけど……」と続ける。

「最終的には、自分が働きたいかどうかが一番大事。結婚も仕事も、自分の心を犠牲にしてまで続ける価値はない」

先ほどの生駒の言葉に、少なくとも今回の一件の借りを返せたと思えるまでは仕事を続けるべきかと思い始めていた。だけど今の言葉で、振り出しに戻された気分だ。

「仕事の借りは仕事で返すべきなんじゃないんですか？　今私が仕事を辞めたら、これまで生駒さんに教えてもらった知識や時間が無駄になっちゃいますよ」

どうすればいいかわからずぎこちなく笑う詩織に、生駒は「どんな仕事も、人ひとりの人生の価値に比べたら安いもんだろ」と返す。

「そうやって幸せを掴んだ後で、社会になにかを返していけばいい。人間は、自分が幸せじゃないと他人に優しくできないからな。神崎は誰かに優しくされたぶん、出会った人を幸せにできる人間だと信じてる」

その言葉に、静原の顔がちらつく。

貴也との縁談が思うように進まず、彼に対する恋慕の情を詩織への憎しみへと昇華させた彼女は、誰のことも幸せにはしないだろう。

詩織が顔を上げ、口を開きかけた時、ノックの音が響き扉が開いた。

「ご同行をお願いできますか？」

この部屋まで案内してくれたスタッフが顔を覗かせ、ふたりに声をかける。

その声に、詩織も生駒も表情を引きしめて立ち上がった。


スタッフとともに会議室に戻ると、先ほどのメンバーのほか、社長であり貴也の父である斎賀幸助、それにあとふたり……。

「お父さんと悠介さん」

思いがけない人の姿に、つい素の言葉が漏れる。

そんな詩織を、篤が視線で嗜めた。

どうやら詩織たちが別室で待たされている間に呼び寄せたらしい。

「とりあえずお掛けください」

貴也に促され、詩織と生駒は、篤と悠介が並んで腰を掛ける側に並べられている椅子に腰を下ろした。

テーブルを挟んだ向かい側には、サイガ精機の面々が腰を下ろしている。

当然のように貴也の隣に座る静原の姿に、そんな状況じゃないとわかっていても胸がざらつく。

周囲にそんな感情を悟られないよう平静を装って、詩織は背筋を伸ばして貴也の言葉を待った。

「お忙しい中お時間をいただき、申し訳ありません」

そう切り出した貴也は、篤たちのために、これまでの状況を簡単に説明する。

詩織のスーツのポケットからUSBが出てきたという話には、篤も悠介も露骨に眉根を寄せて渋い顔をする。

「……これが、そのUSBになります」

話のしめくくりに、貴也はテーブルの中央にそれを置く。

そしてチラリと詩織に視線を向けて言う。

「神崎詩織さんの主張として、これはご自身の物ではなく、身に覚えがないものだそうです。その証拠に、自分の指紋などついていないはずだと主張されました」

その主張で間違いないかと、貴也が視線で確認してくる。

詩織がうなずくと、静原が割って入ってきた。

「指紋なんてどうとでもなります。状況証拠として、神崎さんを案内した会議室のパソコンがいつの間にか起動していて、彼女のポケットにこのUSBがあったんです」

静原の主張に、貴也や幸助が深くうなずき、ほかの社員たちも詩織に疑わしげな眼差しを向けてくる。右隣に座る生駒が悔しげに拳を握るのが見えた。

緊張した空気が満ちる中、貴也は言葉を続ける。

「もちろん、それはただの状況証拠のひとつにしかすぎません。案内された時点で、偶然何者かがパソコンを起動させており、なにかの偶然で他人のUSBが神崎さんのポケットに入った。そういう可能性がなくはない」

「確率論から考えて、そんな偶然、あると思いますか?」

静原が尖った声で難色を示すと、貴也がうなずく。

「その通りだ。しかも確認したところ、このUSBに納められていた情報は、神崎テクノさんに有益な情報ときている」

「おい、斎賀……」

悠介がビジネスパートナーとしてではなく友人としての口調で抗議しようとするけど、貴也に睨まれ口をつぐんだ。

そのやり取りを見て、静原が満足げに口角を上げる。

「そこまで状況証拠が揃えば、言い逃れできないんじゃないかしら？」

「それでも私はやっていませんし、父も神崎テクノの人間も、私にそんなことをさせたりしません」

詩織は毅然とした態度で断言する。

結果がどう出るにしろ、この主張は譲れない。

経営者として多少甘いところはあるが、篤は本当に自慢の父なのだ。そしてそんな父が守ってきた会社にも、それだけの価値があるというのに。

悔しさから下唇を噛む詩織の傍らで、篤がスッと手を上げた。

その動きに周囲の視線が集まる。

「貴也君、これはどういう種類の茶番かな？」

のんびりとした口調でそう切り出した篤は、場の緊張を気にする様子もなく続ける。

「もちろん、状況はわかっている。ただ私も、親の贔屓目抜きにしても、詩織がそんな罪を犯すような人間だとは思っていないよ。そして君をよく知っている身としては、その程度の状況証拠だけで貴也君が犯人を断定するとも思えない」

詩織と貴也、その両方を信じているからこそ、この状況が理解できないと篤が言う。

彼のその言葉に貴也がそっと口角を持ち上げる。

その表情に、詩織は心中で『あっ！』と感嘆する。

表面上冷静なふうを装ってはいるが、よく見れば彼の瞳の奥では、悪巧みを楽しんでいる時特有の輝きが見える。

突然の事態に混乱してすっかり忘れていたが、この婚約者様は常識人に見えて、時々とんでもないことをしでかすのだ。

悠介も貴也の表情の変化に気づいたらしく、詩織の左隣に座る彼から肩の力が抜けるのを感じた。

「茶番もなにも、これだけの状況証拠を見れば誰が犯人かは明白です」

貴也の表情の変化に気づかない静原が言う。

その言葉に、貴也がしみじみとした表情でうなずく。

「残念ながら静原君、君の言う通りだ」

「そうですよね」

「君の仕事ぶりを高く評価していただけに、残念だよ」

「……えっ？」

勝者の笑みを浮かべていた静原が、自分に向けられる貴也の眼差しに気づいてその勢いを失速させる。

「君の父上も、今回のことを知ればさぞやガッカリされるだろうね」

温度を感じさせない貴也の声色に戸惑い、静原がぎこちない微笑みを浮かべる。

だけど貴也が彼女に微笑み返すことはない。

スッと視線を逸らし、USBを手に取る。

「こちらにはたしかに、神崎テクノさんの仕事に有益な情報ばかり詰まっていました。これを盗み出せば神崎テクノさんにはかなりの徳がある。ただ弊社の膨大な情報の中から、短時間で神崎テクノさんの利益となる情報だけを抽出するのはかなり困難な作業だ」

貴也の見解に静原が目を見開くが、彼はそれには気づかないふりで続ける。

「短時間での情報の抜き取りとなると、弊社の人間でもそれなりの知識がある者にしか不可能です。例えば、静原君のようにね」

それを聞いて、周囲の彼女を見る目が変わる。

「そ、そんなの、なんの証拠にもなりません」

声を上擦らせながらも身の潔白を主張する静原に、貴也がもっともだとうなずく。

「だから渡辺《わたなべ》君にUSBのログ歴をたどってもらったよ。ついでに言うのなら、君が詩織さんを案内したという会議室のパソコンのアクセス開始の時間帯と、誰のパスワードでアクセスしたかも調べさせた」

　そう話す貴也は、最初に会議室に姿を見せた時に一緒に入室した男性へと視線を向けた。

　貴也に〝渡辺君〟と呼ばれた男性は、立ち上がりパソコン画面を幸助に見せながら説明を始める。

　ログ歴とは利用履歴のことで、利用者が意図的に消した履歴でさえ、渡辺のようなその道のプロの手にかかれば復元できるのだという。だからこそ、わざわざ情報を隠した者のうしろめたさを感じて不快だと顔をしかめる。

「情報の抜き取りに使用されたと推測されている会議室のパソコンは、神崎さんが入室される前から起動されています。そしてその起動には、静原さんのアクセスコードが使われています」

「そ、それは……お客様にお茶をお出しする前に、少し確認しておきたい情報があって、たまたま空いていた会議室のパソコンを使ったからです。それで閉じ忘れて」

　苦しいが筋の通った静原の言い訳に、貴也も渡辺も一応はうなずく。

　だけど渡辺の話はそれで終わりじゃないようだ。

「このＵＳＢへのデータ移行は専務のオフィスで行われています。しかも静原さんのデスクのパソコンから、静原さんのパスワードでアクセスされた上で」

「そんなの、なにかの間違いです。それこそ、渡辺君が私を陥れるために、データを改ざんした可能性だってあるわっ！」

テーブルに両手を突き勢いよく立ち上がった静原は、必死に自分の無実を主張する。

だけどもう、その主張に耳を貸す者はこの場にはいない。

「たしかに僕にならそれは可能だ。だけど情報を改ざんすれば、その痕跡が必ず残る。もし本気で僕がデータの改ざんをしたと思うのであれば、この情報を別の人に調べてもらえばいい。それでなにも見つからなければ、僕は静原さんを訴えるけど」

一方的な言いがかりに腹が立ったのか、渡辺が冷ややかに返す。

詩織には彼のキャリアがよくわからないけど、サイガ精機側の人は彼の知識に絶大なる信頼を寄せているようだ。

言いがかりをつけた静原でさえ、渡辺に訴えると言われて自分の意見を取り下げたのだから。

グッと唇を噛み、それでも自身の罪を認めない彼女に、貴也は冷ややかな眼差しを向けて言う。

「いつも私のオフィスで仕事をする静原君には区別がつかなかったのだろうけど、このUSBに納められている情報には、そもそも私か社長のオフィスのパソコンからしかアクセスできないものが含まれていたんだよ。ふたりのうちどちらかのオフィスにも入った経験のない神崎さんには、もとから盗みようがないしろものだ」

とどめを刺すような貴也の言葉についに観念したのか、静原はストンッと自分の椅子に腰を下ろし、首をもたげる。

自白や謝罪の言葉はなくても自分の罪を認めたと言っても過言ではない状況に、最初詩織たちを疑っていた社員が慌てて謝罪の言葉とともに頭を下げる。

「……なんでこんなことをしたんだか」

貴也の発言が正しいと証明するため、その場にいる全員にパソコン画面を見せて回る渡辺が、静原に画面を見せる際にポツリとつぶやく。

「あなたには、わからないわよ」

冷めた声で返す静原の視線は、渡辺ではなく向かいに座る詩織に向けられている。

敵意に満ちた彼女の視線を正面から受け、詩織は〝わからない〟のではなく〝わかりたくない〟のだと首を振る。

詩織だって長い間貴也に片想いしているのだと思い込み、あれこれ悩んで、よくわからない嫉妬心を持てあまして苦しんだ。

でもそういった不安は、誰かの足を引っぱって解決するような問題ではない。

自分の弱さや欠点と向き合って、乗り越えていくべき課題なのだ。

「渡辺君、悪いが彼女を頼む。ついでに、彼女のパソコンを徹底的に調べてくれ」

その言葉にうつむいたままの静原の肩が一度小さく跳ねたので、今回の件のほかにもなにか不都合な情報が納められているのかもしれない。


その日の夜、詩織は実家に帰った。

静原のしでかした騒動は、詩織の無実を証明すればめでたしめでたしと終わりにできるような話ではない。

貴也の秘書である静原が、取引先の社員であり業務提携先の社長令嬢でもある詩織を企業ごと陥れようとしたのだ。それぞれの長との話し合いが必要となる。それに貴也には静原の直属の上司としての責任もある。

そういったゴタゴタを含め、神崎テクノとサイガ精機との話し合いが終わるまで一度距離を取った方がいいだろうという話になり、詩織は実家に戻ることにした。

貴也と暮らすようになってからも、実家にはちょくちょく遊びには来ていたけど、泊まりがけで帰ってくるのはこれが初めてだ。

「……なんだろう、変な感じ」

久しぶりに実家でベッドに寝転がる詩織は、慣れ親しんでいるはずの自室を見渡してつぶやく。

つい数カ月前までこの部屋で暮らしていたし、今も定期的に掃除をしてくれているらしく室内は清潔に保たれている。

それなのに、この部屋で眠るのは妙に落ち着かない。

その理由はもちろん……。

詩織がなんとはなしに視線を向けると、その気持ちに応えるように彼女のスマホが震えた。画面には貴也の名前が表示されている。

「もしもし、貴也さん？」

画面をタップした詩織が話しかけると、スマホの向こうで貴也がそっと息を吐く気配を感じた。

その息遣いだけで、彼がかなり参っているのがわかる。

「疲れてますね」

貴也が簡単に弱音を吐けない性格なのは承知しているから、『疲れてますか？』『大丈夫ですか？』と問いかけるのではなく、断言する。

貴也はタフで仕事ができるからこそ、誰かが断言してあげないと自分が疲れていると気づけないのだから。

（こういう時は、貴也さんの強さが恨めしい）

なまじ貴也が優秀すぎるせいで、本人も含めて周囲が彼に期待しすぎる。

とはいえ、どれだけ優れていようが貴也だって普通の人間なのだ。受けとめられるストレスの量には限界があるし、無理をすればメンタルをやられることだってある。

彼にさんざん助けられてきた詩織が口にするのはおこがましいのかもしれないけど、彼の弱さを見過ごさず、支えられる存在でありたい。

無言のまま相手の反応を待っていると、観念したように貴也が吐息交じりに《ああ、そうだな》と詩織の言葉を受け入れてくれた。

「自宅ですか？」

《今帰ってきたところだ。詩織の声が聞きたくなって。こんな時間に悪いな》

彼が疲れ果てているのであれば、それは少しも喜ぶべき話ではない。

わかっていても、彼に必要とされてついうれしくなる自分はよくないと思う。

スマホをスピーカーモードに切り替えた詩織は、頬をつねって自分をたしなめる。

「時間なんて気にしないで、いつでも電話してください。私は、あなたの婚約者なんですから」

《そうだな》

照れつつ投げかける詩織の言葉に貴也もくすぐったそうに笑う。

お互いにクスクス笑っていると、声に滲み出ていた彼の疲労感が和らぐのを感じた。

そのことに安堵する。

「貴也さんのご飯、冷蔵庫に作ってあります」

《え？》

貴也が驚きの声を漏らす。

そしてそのまま冷蔵庫を確認したのだろう。短い足音に続いて冷蔵庫を開閉する音が聞こえる。

《明日の朝の分も。いつの間に？》

「今日、実家に帰る前にマンションに寄りました」

詩織はスマホをサイドチェアの上に置き、ベッドの上で膝を抱える。

静原が別室に連れていかれた後、神崎テクノの代表である篤と、とりあえずマミヤシステムの代表として生駒は残る形となった。

詩織は就業時間が迫っていたため、生駒が会社に許可を取って直帰していいと言われた。だから必要な荷物を取りに貴也と暮らすマンションに寄ってから実家に帰る流れになり、その際、貴也のために簡単な夕食と朝食を作っておいた。

《ありがとう。食事する気分になれなくてなにも食べてなかったけど、急におなかが減ってきたよ》

「そうなると思っていたから、ご飯を作っておいたんです」

詩織の小言に、貴也が困ったように笑う。

それでも少し元気が出てきたのか、ポツリポツリと詩織が帰った後のことを話してくれた。

《静原君は、すべてが自分の犯行だったと認めたよ。まあ、あの状況じゃ言い逃れのしようもないだろうけど》

彼女が盗み出した情報はほかにはなかったそうだ。ただその流れで調べた彼女の父親のパソコンの中には、不透明な金銭の流れを感じさせる痕跡があり、それはこれから時間をかけて徹底的に調べていくのだという。

もしかしたら、静原親子が貴也との縁談に執着したのは、その辺の事情もあったのかもしれない。

もちろん静原が貴也に強い恋愛感情を抱いていたのは確かなのだろうけど、渡辺にパソコンを調べるよう指示する貴也の言葉に見せた反応から、どうしてもそう考えてしまう。

《詩織や神崎テクノさんに迷惑をかけたし、本来ならすぐにでも法的措置に出るべき問題なのだろうけど、彼女の父親は長くウチで働いてくれていた人で、できれば自首を勧めたい》

「信頼していた社員に裏切られるのは、つらいですよね」

《篤さんもそう言ってくれて、しばらく状況を見守ってくれるそうだ》

信じていた人に裏切られる痛みは、詩織も篤も四年前に味わっている。だからこそ、今彼が抱えている痛みを思うと胸が痛い。

それに貴也が自社の社員を大事にしていることは悠介や篤から聞いている。そんな彼は、こんな状況でも彼女を処罰することに少なからず胸を痛めているのだろう。

こんな時に彼に寄り添えない状況がつらい。

《詩織》

彼の心の痛みを思い、かける言葉を探していると名前を呼ばれた。

やわらかな声で詩織の名前を呼ぶ貴也は、そのまま続ける。

《四年前、出会ってくれてありがとう。詩織がいてくれたから俺は救われているよ》

「え……？」

四年前に救われたのは間違いなく詩織の方だ。

だってあの頃の彼はすでに立派な大人の男で、詩織の助けを必要とする場面などどこにもなかったはず。

そう話す詩織に、それは違うと貴也が言う。

《どうしようもなくつらい時でも、詩織がいるから俺はがんばれるんだよ。詩織を守れる人間でありたいと思うから、俺はどこまでも強くなれる》

だから今回感じた痛みも、乗り越えていけると貴也は言う。

「貴也さん」

《なんだ？》

「早く家に帰りたいです」

貴也を思って自然とこぼれたその言葉に、もう自分の居場所はここじゃないのだと改めて思う。

生まれ育った実家より、この数カ月貴也と暮らしたあのマンションが、すでに自分の暮らす場所なのだ。

電話の向こうで、貴也が一瞬黙り込む。

そしてしみじみした口調で《そうだな》と返す。

《詩織がいないと、この部屋は広すぎる》

長年ひとり暮らしをしてきたマンションの広さを、今さらながらに噛みしめているらしい。

彼がそんなふうに思うくらい、ほんの数カ月で自分の存在が彼の生活の一部に溶け込んでいることがうれしい。

最初は、形だけの婚約者のはずだったのに、気がつけば自分たちはお互いをかけがえのない存在として認識している。

「貴也さん……愛しています」

《その言葉は、会った時に聞かせてくれ》

そう注文をつけてきた貴也は、《でもありがとう》と甘い声でささやいて電話を切った。

俺と結婚してください

静原の件があってから一週間、詩織は仕事帰りに貴也のマンションを訪れていた。

サイガ精機が詩織の勤め先であるマミヤシステムに今回の混乱に巻き込んだことを正式に謝罪し、両社の問題はすでに解決しているが、神崎テクノとの問題はそんなに簡単には進まない。

そのためふたりの別居はまだ続いていて、詩織は貴也が帰ってくる前に彼の食事の準備をしてから実家に戻るという生活を送っている。

動機がなんであれ、神崎テクノとしては今回の件を黙って見逃すわけにはいかない。無関係の他社をも巻き込み、社長令嬢である詩織を犯罪者にでっち上げて業務提携を解消させようとしたのだ。サイガ精機には、誠意を持った謝罪と今後の対策案の表明が求められる。

その上サイガ精機は古参社員の横領も発覚した状態なので、貴也にはその対応も求められている。

せめてもの救いは静原の父が貴也の説得に応じて自首してくれたことくらいだろう

か。言い逃れのしようがない状況に観念しただけなのかもしれないけど、それでも貴也の心の負担は多少なりとも解消されたはずだ。

「さて、これでいいかな?」

明日の朝の簡単なおかずも準備し終えた詩織は料理にラップをかけ、何分ほど温めてほしいかなどの注意点をメモに書く。

テーブルに両肘を預け【おかえりなさい】の言葉で始まるメモを書き終えた詩織は、姿勢を戻して料理とメモを確認する。

夏のうだるような暑さが解消された季節なので、温め直して食べるものはこのままにしておき、カットしたフルーツや酢の物だけ冷蔵庫に入れておけば大丈夫だろうか。

彼のために準備した料理を見下ろしてあれこれ考えていると、背後に人の気配を感じた。

驚いた詩織が振り返るより早く、逞《たくま》しい腕に背後から抱きしめられて息をのむ。

「おかえり」

背中から包み込むようにして詩織を抱きしめる貴也が耳もとでささやく。

スーツ越しでもわかる彼の温もり、詩織の耳もとでささやく時だけいつもより甘さを含む低い声。

それらを感じただけで、詩織の心に押さえようのない愛おしさが込み上げてくる。

「おかえりは、私のセリフです。それに、ごめんなさい」

「なにが？」

「だって、問題解決するまで会わない方がいいですよね」

そう思うから、貴也のいない時間を狙って食事を作りに来るようにしていたのだ。

その言葉に、貴也は詩織の首筋に顔をうずめたままそっと息を吐く。

「大丈夫。その件なら、今日話がついた」

「え？」

驚いた詩織は、彼の腕の中でもがくようにして体の向きを変えた。

貴也に腰を抱かれたまま振り返ると、自然と彼の胸に顔をうずめる姿勢になる。

「それを詩織と話したくて、急いで帰ってきた」

自分を見上げる詩織を強く抱きしめ、貴也は詩織の頬に口づけをすると詩織をリビングへと誘導した。

リビングのソファーに詩織が座ると、スーツのジャケットを脱いだ彼もその隣に腰を下ろす。

「まず、一連の騒動の責任を取って、事態収拾のめどがついたら、俺には一カ月の休職が言い渡されることになっている」

「そんな……」

（貴也さんはなにも悪くないのに……）

詩織は、悔しさに唇を噛んだ。

でも貴也の話はそれだけでは終わらないようだ。

「それに今回の件を受けて、神崎テクノとサイガ精機は業務提携を解消する運びとなった」

「えっ、そんな……」

その可能性を考えていなかったわけではないけど、それが現実のものになると胸を殴られたような衝撃を受ける。

「これからは業務提携ではなく、主導権を神崎テクノに持ってもらい、特許技術の利用を承諾するだけの形になる。諸条件も神崎テクノにかなり有利なものとなっている」

「あれ、それって……？」

神崎テクノが見捨てられたのだと思ったのに、それに続く貴也の言葉は予想外のものだった。

思わず目を瞬かせる詩織をのぞき込み、貴也はニヤリと笑う。

「サイガ精機としては、今回の件を表沙汰にせず穏便に話を済ませてくれた神崎テクノにとうぶんは頭が上がらないだろうな」

「あれ？　それじゃあ？」

「その交渉をうまくまとめたのは篤さんだから、これであの人の求心力も取り戻せたし、俺と詩織が結婚したところで、ウチが神崎テクノを吸収しようとしているのだという憶測を呼ぶ心配もない」

それはつまり、貴也と自分の結婚のタイミングを計る必要がなくなったということではないか。

思いがけない展開に詩織がキョトンとしていると、貴也が目を細めて優しく笑う。

「一カ月の休職っていうのも、社長が、親父として俺たちの背中を押しているんだよ。さすがに今すぐ派手に式を挙げたり、新婚旅行に行くわけにはいかないけど、それでも夫婦ふたり、ゆっくり過ごす時間はつくれる」

「あ……」

貴也のその説明で絶望的に思えていた世界が反転する。

もうしばらく先になると思っていた貴也との結婚が目の前に下りてきた。

その突然の朗報に、詩織の瞳からは涙があふれてくる。

貴也はそんな詩織の頬を両手で包み込むと、指先で涙を拭う。

そしてそのまま詩織の顔を上向かせ、唇を重ねた。

「神崎詩織さん、俺と結婚してください」

短い口づけを交わして、貴也が改まった口調でプロポーズの言葉を口にする。

その申し出を、詩織が断るはずがない。

「はい」

まだ目を潤ませたまま詩織がうなずくと、貴也がホッと息を吐く。

一番最初に彼に結婚を申し出たのは詩織の方だし、ずっと婚約していた。それにお互いの想いも伝え合っているのだから、そんなに緊張しなくてもいいのではないかと苦笑する。

あきれる反面、詩織にも彼の緊張の理由は理解できる。

今日自分を愛してくれている彼が、明日も自分を愛してくれている保証はない。

誰かに恋をしている時、人はいつでも無防備だ。

だからこそ、愛する人と想いを通わし、ともに過ごす人生の一分一秒が愛おしい。

「私、時期を見て仕事を辞めようと思います」

「え？」

詩織の急な申し出に貴也が驚きの声を漏らす。

そして詩織と距離を取り、痛ましげな視線を向ける。

「今回の件で、会社にいづらくなったか？」

嘘をついてもそのうちバレると思うけど、素直に認めるのもつらい。

詩織は曖昧に笑って肩をすくめる。

それだけで状況を察した貴也の眉尻が下がる。

「俺のせいで申し訳ない」

「それは違います。悪いのは静原さんと、会社にちゃんと事情を話しておかなかった私です」

今回の件において、たしかに詩織は被害者だ。だけど生駒に指摘された通り、自身の抱える事情を話して担当をはずれておけば、そもそもの事件は起こらなかった。

しかも今後ふたりが結婚すれば、マミヤシステムとしては一段と詩織の扱いに困る。

ちなみに生駒の後任は再度選任することになったため、彼の育休は十日ほど先送りとなった。

それに関しても謝るしかないのだけど、生駒は『それも先輩の仕事だから』と笑って許してくれた。

周囲にさんざん迷惑をかけたのだ、必要とされていないのであれば、今の職場で仕事は続けられない。

そして……。

「私、ずっと貴也さんに大人の女性として認めてほしくて、あがいていました」

彼に惹かれていても、かりそめの婚約者でしかない自分には、その想いを口にする資格がないと思っていた。

だからまずは少しでも彼と対等になれるようにと、社会に出てあがいてきたのだけど……。

「実際に働いてみると、人に助けてもらったり、支えてもらうばかりで頼りないままでした。親にもしっかり迷惑かけて、学んだのは人はひとりじゃ生きられないってことくらいです」

あれこれ思い出すと、物事の本質を見抜くこともできずに貴也に大人の女性として扱ってほしいと騒いでいた自分が恥ずかしくなる。

そんな思いを抱えつつ、詩織は言葉を続ける。

「たぶん本当は、そういう周囲のフォローに気づいてちゃんと感謝できるようになることが、大人になるって意味だと思います」

『どんな仕事も、人ひとりの人生の価値に比べたら安いもんだろ』

『人間は、自分が幸せじゃないと他人に優しくできない』

『神崎は、誰かに優しくされたぶん、出会った人を幸せにできる人間だと信じてる』

生駒に投げかけられた言葉も、詩織の背中を押すきっかけとなった。

『いざとなれば仕事は条件に合ったものを後から探せるけど、旦那さんになる人は世界にひとりしかいないんだから』

里美はそう話していた。

仕事は楽しかったし、職場の仲間は大好きだ。

でもそれ以上に大事に思える人に出会えたのだから、詩織の選ぶ道はおのずと見えてくる。

「忙しい貴也さんを支えられる存在になりたいです。それは、私にしかできない仕事だから」

「詩織の人生を、窮屈なものにすることにはならないか？」

まず最初にこちらを気遣ってくれる貴也が愛おしい。

そんな人だからこそ、自分の人生を委ねていいと思えるのだ。

「貴也さん、愛しています。だから一分一秒でも多く、あなたと一緒にいたくて、それが私にとっての一番の幸せなんです」

詩織の心を込めた告白に、貴也が相好を崩す。

「愛してくれてありがとう」

貴也は自分の腕の中に詩織がいる喜びを噛みしめるように、彼女を強く抱きしめて再び唇を重ねる。

先ほどの優しい口づけとは異なる、濃厚な大人の口づけに、詩織の呼吸は簡単に乱れていく。

その息苦しさを伝えたくて、彼の胸を押すのだけど、貴也が詩織の体を解放してくれる気配はない。

それどころかもう一方の手で詩織の背中を支えつつ、肩を抱いていた手に力を入れて詩織をソファーに押し倒してしまう。

貴也は片腕をついて体重を加減しながら、詩織の上に覆いかぶさる。

「貴也さん……」

ソファーの上に組み敷かれる体勢になった詩織は、戸惑いつつ彼を見上げた。

「いろいろあったから、今度こそお前が俺から離れていくんじゃないかって、ずっと不安だったよ」

「そんなの……」

あるはずがない。出会った時からずっと、詩織の心は貴也に囚われているのだから。

詩織は彼の頬を両手で包み込み、自分の方へと引き寄せる。

「バカな考えです」

彼の額に自分の額を押しつけた詩織がささやくと、貴也が困ったように笑う。

「男は惚れた女の前では、バカになる生き物なんだ」

どこかばつが悪そうな表情で本音を吐露した貴也は、再び詩織の唇を求めてくる。

「ん……ぅっ」

体勢が変わったせいか、久しぶりなせいか、貴也の口づけは濃厚で、無意識に甘い吐息が漏れる。

そんな詩織の声に男の本能が煽られるのか、貴也は口づけの濃度を増す。

薄く開いた唇の隙間から侵入してきた貴也の舌は、詩織の上顎をなで、舌をくすぐる。ヌルリと動く感覚が、詩織の欲望を誘《いざな》う。

それでも彼の大きな手が胸の膨らみに触れると、詩織は戸惑いの声を漏らした。

「ここで……今？」

いつもは寝室だし、恥ずかしいので照明はかなり暗くしてもらっている。

それなのに明るいリビングで、しかもお互い仕事帰り、着の身着のままの状態で肌を求め合うなんて恥ずかしすぎる。

「俺に触れられるのはイヤか？」

その聞き方は、かなりズルい。

詩織は貴也に触れられるのがイヤなのではなく、明るいリビングのソファーでそういった行為に及ぶのが恥ずかしいだけなのに。

「ほら、私も貴也さんも仕事帰りのままだし、着替えとかシャワーとか食事とか……」

どうにか思いとどまってもらおうとあれこれ理由を並べる。

すると顔を上げた貴也は周囲に視線を巡らせてなるほどとうなずく。

どうやら、理解してくれたらしい。

彼の仕草にそう理解した詩織だけど。

「じゃあ、とりあえずは一緒にシャワーを浴びて、続きはその後でしようか」

「はい？」

想定外の言葉に、頭が白くなる。

詩織がフリーズしている隙に、上体を起こした貴也は、スルリとソファーから立ち上がるとそのまま軽々と詩織を抱き上げた。

「キャッ！」

腰と膝裏に腕を回されたと思った次の瞬間には、彼の腕に包み込まれていた。急な浮遊感に驚いた詩織は、小さな悲鳴をあげて貴也の首筋に腕を絡めてしがみつく。

「積極的だな」

そんな詩織の反応を見て、貴也がからかってくる。

「違っ！」

「こら、手を離すと危ないぞ」

慌てる詩織をそうたしなめる。

ついでに体を軽く揺らしてくるので、詩織は慌てて再度彼の首筋に腕を絡めた。

そのままの体勢でチラリと視線を向けると、夜の闇に染まった窓ガラスに彼にお姫様抱っこされている自分の姿が映し出されていて恥ずかしくなる。

「あの下ろしてください。それと……」

先ほど貴也からかなり際どい発言を聞いた気がするけど、聞き間違えであると信じたい。

（一緒にシャワーを浴びるなんて、冗談ですよね？）

そんなの言葉にするのも恥ずかしいと、詩織は曖昧に笑って視線で訴える。

「先にシャワーを浴びたいって言ったのは詩織だ。その要望を一緒に叶えよう」

貴也は涼しげな表情でそう言うと、詩織を抱えたまま歩き出す。

「貴也さん、さっきの私の発言は、そういう意味じゃないです」

詩織が足をばたつかせて抗議すると、貴也が足を止め、こちらへと視線を向ける。

「言い忘れていた。男は惚れた女の前ではバカになるし、ついでにかなりズルくなる」

口角を持ち上げ、ニッと勝者の笑みを浮かべる。

その笑い方に、自分の婚約者様の本質的な性格を思い出す。

赤面して口をパクパクさせる詩織に貴也は言葉を重ねる。

「やっと会えたんだ。俺は一秒だって詩織と離れたくないというのが本音なんだけど、詩織は違うのか？」

そう問いかけてくる彼の表情はしおらしいけれど、瞳の奥では悪巧みを楽しんでいる時の輝きが見え隠れする。この持っていき方は、本当にズルい。

「そうじゃなくて、でも……」

「詩織が本気でイヤなら、もちろんやめておくけど」

そんな言われ方をされて、拒めるはずがない。

詩織だって恥ずかしいだけで、本気で彼を拒んでいるわけではないのだから。

「ズルいです」

「詩織が魅力的すぎて、俺をズルい男にさせるんだよ」

形だけなじる詩織の声音で彼女の本音を読み取った貴也は、その頬に口づけをして歩みを再開させる。

これから先もずっと、彼に勝てる気がしない。

「……貴也さんは、本当にズルいです」

彼の胸に顔をうずめて文句を言うけど、貴也には褒め言葉にしか聞こえないらしい。

「ごめん。愛してるから許してくれ」

やわらかな声でそうささやき、詩織の髪に口づけをする。

(だから、それがズルいのに……)

でもそのズルさも含めて愛おしい。

抗議することをあきらめて、詩織は彼の背中に回す手に力を込めた。

◇◇◇

夜、横になった姿勢のまま片腕で頬杖を突く貴也は、自分の隣で眠る詩織の頬をそっとなでた。

長年ひとり暮らしをしていたはずなのに、詩織が一週間いないだけで住みなれたマンションがやたら広く感じたのは自分でも驚いた。

だからこうやって詩織に触れて、彼女が自分の腕の中にいる現実を何度でも確認してしまう。

会えなかった時間の寂しさを埋めるように、激しく互いを求め合った。

その疲労感で熟睡する詩織だが、貴也の指の動きにくすぐったそうに笑う。

無防備なその表情に、愛おしさが増す。

詩織の寝顔を見ているだけで驚くほどの充足感を覚えるのは、それほど彼女が自分の人生に欠かせない存在になっているからだ。

愛し合った後で一緒に食事を取ったら、その後ちゃんと実家に送るつもりでいたのに、結局は離れがたくて引き留めて今に至る。

神崎の家には彼女から泊まる旨の連絡を入れると、『もう嫁に出したようなものだから』と快諾してくれた。

今回、静原がしでかした件で神崎テクノにも篤にもかなり不快な思いをさせたはずなのに、娘婿として変わらず接してくれる神崎の家族には頭が上がらない。

これまでの話し合いの中で篤に詫びた際にも彼は鷹揚に許してくれたし、詩織との関係も、ふたりの間にわだかまりがないのであれば問題ないと言ってくれた。

篤としては、貴也の人柄を信じているからこそ詩織との結婚を承諾したのだし、その信頼はただ一度の問題で消えてなくなるようなものではないと言ってくれた。

その寛容さは、さすが詩織の父親と言える。

そんな彼は当初、静原の件を不問に処すと言ってくれたのだけど、それでは斎賀側の気持ちが収まらない。

結果、詩織との結婚のタイミングが早められたのはうれしい誤算である。

ただ詩織が仕事を辞める決断を下したのには、本当にそれでいいのかという思いはある。

「……貴也さん」

まどろみの中にいる詩織が、自分の名前を呼ぶ。

「どうした？」

そう問いかけても、相手はただの寝言なのでもちろん返事はない。

それでも貴也の声に多少なり覚醒したのか、うれしそうに笑う。

（こんなに愛おしい存在、手放せるわけがない）

貴也は、ずれた布団をかけ直すついでに、彼女の薄い肩を抱く。

詩織には自分のそばにいてほしいと思うのと同じくらい、後悔のないよう自由に生きてほしいと思う。

そして自分のその両方の欲求を満たすためになにをすればいいのかと考えれば、詩織に自分を選んだことを後悔させないよう、がんばるしかないのだろう。

自分はもう、詩織なしでは生きていけないのだから。

「愛してる」

そうささやくと、詩織がうれしそうに笑う。

もしかしたら自分の夢を見てくれているのかもしれない。

それならいいのにと、貴也は熟睡する詩織の額に自分の額を寄せる。

そんなことをしてもふたりで同じ夢を見られるわけではないのだけど、夢の中でも彼女と一緒にいられますようにと願いながら瞼を伏せた。

永遠の愛を誓います

翌年の八月某日、都内でも老舗として名高い高級ホテルの控え室で、緊張で身を硬くしていた詩織はノックの音に振り返った。

見ると、戸口に控えていた女性スタッフが薄く扉を開き、来訪者と短く言葉を交わしている。

そんな彼女が大きく扉を開くと、満面の笑みを浮かべた里実が部屋に入ってきた。

「詩織ちゃん、綺麗っ！」

部屋に入ってくるなり両手を組み合わせて感嘆の声を漏らす里実は、そのまま小走りにこちらに駆け寄る。

「あ、そうだ。改めて結婚おめでとう」

そして思い出したように祝福の言葉をくれた。

そんな里実の言葉に、詩織は表情をほころばせてお礼を言う。

「ありがとう」

その間も、里実は立ち位置を変えながら詩織の姿をくまなく確認していく。

せわしない里実の動きを視線で追いかければ、自然と鏡に目が行く。

そこには純白のウエディングドレスに身を包み、椅子に腰掛ける自分の姿が映し出されている。

「ちょっと照れるけど……」

鏡越しに里実と目が合った詩織は、照れくさそうに笑う。

肩まで開いたドレスは、ウエストが絞られ、トレーンタイプの裾がふわりと広がっている。

その裾を踏まないよう注意しながら詩織の周りを動き回っていた里実は、鏡越しに詩織の顔を見てパチパチと拍手を送ってくれる。

その屈託のない笑顔に、さっきまでの緊張が一気に緩む。

「詩織ちゃん、緊張してたの？　旦那さんと一年くらい一緒に暮らしてるし、ラブラブなんだから、緊張する必要ないでしょ」

詩織の表情の変化を見て、里実がそうからかってくる。

静原が巻き起こした一連の騒動がきっかけとなり、詩織は退職を決めた。

とはいえすぐに仕事を辞めたわけではなく、引き継ぎなどの関係もあって去年の冬までは働いていたし、その後も里実とは会っていたので、貴也と暮らしていることは話してある。それに里実はふたりが暮らすマンションに遊びに来ているので、仲のよさは承知しているのだ。

悠介に無理を言って貴也と強引な見合いをしてから五年、すでに一緒に暮らし始めて一年が過ぎた。ふたりの関係は両家の家族も認めてくれているので、今日の結婚式は形式的なものにすぎない。

「そうなんだけど、やっぱりこういうのは緊張するよ」

詩織のその言葉に、里実は「まあたしかに……」とうなずく。

「サイガ精機の御曹司と神崎テクノのご令嬢の結婚式っていうだけあって、来賓の顔ぶれがすごいもんね。本当に私が参加してもいいのかな？って思うもん」

たしかに、両家の付き合いのある企業関係の人も多く参列してくれる結婚式は、そうそうたる顔ぶれなので、緊張はする。

でもそれだけじゃない。

今日、貴也と挙式を挙げるこのホテルは、彼と詩織が出会った場所なのだ。

ふたりの五年分の歴史を踏まえて、出会った時と同じ季節にこのホテルで式を挙げようと言いだしたのは貴也の方だ。詩織としても、その意見に異存はなかった。

ひとしきりの祝福の言葉をくれた里実が「じゃあ、そろそろ」と部屋を出ていこうとした時、再びノックの音が響き、悠介が顔を出す。

「お、馬子にも衣装」

祝福というより気心の知れた従兄として茶化してくる悠介は、貴也の部屋にも顔を出してくると言って里実と一緒に部屋を出ていく。

そんなふたりがさりげなく目配せをして、悠介が里実の手を遠慮がちにつなぐ。そのやり取りを見逃さなかった詩織は小さく手を振ってクスリと笑う。

貴也の友人でもある悠介は、詩織と貴也が暮らすマンションに遊びに来た際に里実と出会った。

それをきっかけに、ふたりが惹かれ合っていることを察して詩織が背中を押したのだけど、その後良好な関係が続いているようだ。

詩織の素性を知り一応は驚いた里実だが、『別にそれで詩織ちゃんが知らない人になったわけじゃないし』と、それ以前と変わらぬ距離感で接してくれる。

(里実ちゃんと悠介さんが結婚してくれたらいいのにな)

そんな未来を想像しながら、詩織はふたりを見送った。

里実と悠介を見送った詩織は、その後ホテルスタッフの案内を受けて、結婚式場へと移動した。

そして大きな扉の前で、合流した篤とその時を待つ。

「お時間です」

かたわらに控えていた式場のスタッフがふたりにそう声をかけると、ひと呼吸間を置いて左右に扉が開く。

祭壇へとバージンロードが伸びている。

腕を組んだ詩織と篤が足を踏み入れると、それを合図に、壮大なパイプオルガンが曲を奏で始めた。

司祭の前では、はにかんだ笑顔を浮かべる貴也が自分の到着を待ってくれている。

最初彼に結婚を申し込んだ時には、彼が自分にこんな表情を向けてくれる日がくるなんて思ってもいなかった。

それを見れば、この五年がふたりには必要な時間だったのだとわかる。

「幸せにな」

腕を組む篤が、目を潤ませてつぶやく。

周囲に視線を巡らせれば、貴也の両親や、母の牧子、弟の海斗、悠介と並んで拍手をくれる里実の姿も見える。

この幸せにたどり着くまでの日々が詩織を成長させてくれたのだと実感できた。

「ありがとう」

産んでくれて、育ててくれて、彼と出会う運命を与えてくれて……。

すべてに感謝をして、詩織はこれまでの歴史を踏みしめるように、彼の待つ祭壇に歩みを進めていく。

「愛してる。一生俺から離れないで」

「はい」

そして祭壇を上り、自分へと向けられている貴也の手を取った。

END

特別書き下ろし番外編

番外編　その出会いは運命

「そういえば今度の週末、遊びに行っていいか?」

　年末、今後の打ち合わせのために神崎テクノを訪れていた斎賀貴也は、車まで見送りに出てきてくれた望月悠介の言葉に、怪訝に眉根を寄せた。

「なんのために?」

　婚約者である神崎詩織と、半ば強引に同棲を始めたのは今年の夏。

　そこから多少の紆余曲折の末、今は互いの愛を確かめ合い、来年の結婚式に向けて順調に愛を育んでいる最中だ。

　だから週末は詩織とふたりゆっくりすごそうと思っていたので、ついイヤそうな顔をしてしまう。

　そんな貴也の態度に、悠介は口角を下げて「え〜」と悲壮感漂う表情で唸る。

「俺たち友達じゃん。行ってもいいだろ」

　貴也が車に乗り込むのを待って、ドアを押さえる運転手が横に控えているが、滞りなく打ち合わせが終わった今、悠介の頭の中は完全にプライベートモードに切り替わっているらしい。

「いや……友達だけど、お前、先週もウチでくつろいでいただろ」

悠介の口調につられて、貴也もつい砕けた感じで返す。

貴也が悠介の訪問に渋い顔をするのには、そういった理由もある。ついでに言えば、その前の週も遊びに来ていた。

悠介とは大学からの付き合いで、親友と呼んでもいい交友関係を続けている。詩織との出会いのきっかけをつくってくれたのも彼なので、邪険にするつもりはないのだけど、さすがに毎週来なくてもいいではないか。

「友達なんだからいいだろ。訪問させろよ」

悠介がなおも食い下がる。

いくら従兄で、子どもの頃から家族ぐるみの付き合いをしているとはいえ、毎週来られては詩織も気が休まらないような気もする。

（恋人もいなくて暇なのか？）

詩織に似て華やかな顔立ちで気のいい悠介は、男女問わず交友関係が広い。だが恋愛に関しては、その気のよさが邪魔をしていい人止まりで終わることが多いのだとか。

「暇なら、今晩飲みにでも行くか？」

これまでだって、基本は仕事帰りに酒を飲むような付き合い方が多かった。

今日は仕事がはかどり、思いのほか早く帰れそうだ。それなら詩織の待つマンションに早く帰りたいとも思うのだけど、毎週末を邪魔されるよりはその方がいい。

貴也のその誘いに、悠介はとんでもないと顔をしかめる。

「いや、お前のマンションでいいよ。詩織も仕事を辞めて寂しくしているだろうし」

詩織は先月末に仕事を辞めた。

本人は結婚に備えての退職と言ってくれているけど、静原の一件が引き金となったのは確かだ。

貴也としては、自分の存在が彼女の人生の選択肢を狭めている気がして申し訳ないのだけど、悠介にそこまで心配されるとおもしろくないのはなぜだろう……。

(まあ、くだらない嫉妬だろうな)

もちろん悠介と詩織の間に、なにかあるとは思っていない。

それでも、自分以外の男が詩織を必要以上に気遣い、毎週のように会いに来るのはおもしろくないのだ。

「お前にそこまで気遣ってもらわなくとも、詩織の同僚だった女の子がよく来てくれているから大丈夫だ」

（そういえば、今日もふたりで遊ぶって言っていたような）

なんとなく今朝の会話を思い出していると、悠介がスーツの袖を掴んできた。

「なあ、行ってもいいだろ？」

貴也の袖を引っぱり、いよいよ子どもじみた声で駄々をこね始める。

そんなやり取りに、頭を下げておとなしく控えている運転手の肩が震えている。必死に笑いを噛み殺しているらしい。

寒い中、このくだらないやり取りで運転手を待たせるのも申し訳ない。

「詩織に聞いとく」

貴也はそう答えて、この会話を終わらせることにした。

◇◇◇

貴也と一緒に暮らすマンションのリビングで、詩織は里実とおしゃべりに花を咲かせていた。

「詩織ちゃんが社長令嬢とか、未来の社長夫人とか、全然信じられない。今でも、壮大なドッキリにかけられているんじゃないかって気分になるよ」

リビングのテーブルに広げたウエディングドレスのカタログをめくりながら、里実がクスクス笑う。

「それ、なに目的のドッキリなの？」

カタログのページに視線を落としつつ、詩織も笑う。

「たしかにそうなんだけど、なんか詩織ちゃんがいい意味で普通すぎて」

里実のその言葉に、詩織は笑顔で「いい意味で普通なのは里美ちゃんだよ」と返す。

貴也の秘書を務めていた静原がしでかした一件が引き金となり、勤めていた職場を含め、周囲に詩織の素性が知れ渡った。騒動の渦中の存在であると同時に、被害者でもある詩織は、おまけにサイガ精機専務のフィアンセときている。

社内では詩織をどう扱えばいいかわからず、存在を持てあましている感じがあった。

そんな中でも里実は、いつもと変わらない態度で接してくれていた。

詩織の置かれている環境にまったく触れずその件に関してなかったかのように振舞うのではなく、『お金持ちって、どんなご飯食べるの？』とか『詩織ちゃんが行ってた学校、テーブルマナーの授業があるって本当？』などと、詩織を神崎テクノの社長令嬢と認めた上で話してくるのだ。

彼女のその屈託のなさは心地よく、ずっと友達でいたいと思えた。

だから今日も有休消化のため休みだった彼女に、結婚式のウエディングドレスの相談をしていたのだ。

とはいえ雑談メインのため、手もとのカタログに視線を落とす里実は「私が結婚する時、こういうの着たいなぁ」と、詩織ではなく自分のためのドレス選びをしている。

里実が見つめるドレスは、ハイウエストで腰から下にかけてふわりと裾が広がるかわいいデザインのもので、クリクリとしたかわいい瞳がチャームポイントの彼女にはたしかに似合いそうだ。

「でも私なら、大好きな人との結婚を五年も待ったりできないな」

ドレスを指でなでながら里実がつぶやく。

「五年も待ったっていうか……」

年の差もあり、お互いの愛情が育つまでに五年の月日が必要だったのだ。

とはいえ、それを正直に話すのは恥ずかしいので、さりげなく話題を変える。

「里実ちゃんは、最近どうなの？　誰かいい人いないの？」

以前里実は、好きな人ができたら結婚どころか子どもの名前まであれこれ妄想すると話していた。だから自分のためのドレスについて考える彼女の中には、その相手が思い浮かんでいるのかもしれない。

そんな単純な発想で投げかけた言葉に、里実の頬が一気に赤くなる。

「あれ？　もしかして……」

ピンッとくるものがあって詩織が追及しようとした時、玄関の扉が開く気配がした。

ほどなくして貴也がリビングに顔を出し、テーブルどころかソファーの上まで浸食しているウエディングドレスのカタログに視線を落として優しく目を細める。

「木根さん、詩織の相手をしてくれてありがとう。ゆっくりしていってね」

「おかえりなさい。早かったですね」

詩織が言うと、里実も「お邪魔しています」と挨拶をする。

「珍しく望月が真面目に仕事してくれたから、話がスムーズに進んだ」

貴也の言葉に、テーブルを片づけようとしていた里実の手が止まった。ついでに言うと、さっき以上に頬の赤みが増している。

どうしたのかと里実の表情をうかがっていると、貴也がついでといった感じで言う。

「そういえば、望月が今週末もまた遊びに来たいとか言いだしている」

「え、また？」

子どもの頃から兄のように接してきた悠介を、もちろん嫌ってはいない。

とはいえ、毎週来なくてもいいではないかとも思う。

だけど、横に座る里実が「えっ！」という感じで貴也を見上げた。

そんな彼女の表情を見て、詩織は思い出す。

そういえば先々週、退職した詩織に、会社を代表して里実が送別兼結婚祝いの品を届けてくれた。その際、ちょうど遊びに来ていた悠介と顔を合わせてふたりはなんだか意気投合していた感じがあった。

（だとしたら……）

コミュニケーション能力が高いくせに、恋愛にはひどく奥手な悠介の性格を知る詩織の中には、閃くものがある。

「貴也さんが帰ってきているんだから、悠介さんももう仕事終わってますよね？　それなら今から呼び出して、四人で食事にでも行きませんか？」

そう提案する詩織が『いいよね？』と視線で確認すると、里実は頬どころか耳まで赤くしてコクコクとうなずいている。

そんな姿に、友人として頬が緩む。

「いいけど、さっき飲みに誘ったら断られたから、今日は用があるのかも」

「それでも電話してみてください。里実ちゃんも一緒だって、必ず言ってくださいね」

そう念を押すと、貴也も詩織の目論見を察してくれたらしい。

『なるほど』と声を出さずに詩織にアイコンタクトを送って、その場で悠介に電話をかけてくれた。

詩織に言われた通りに要件を伝える貴也が、一瞬、スマホと距離を取る。悠介が想定外の大声を出したらしい。

すぐにまたスマホをもとの位置に戻した貴也は、悠介と短い言葉を交わすと、スマホを持っていない方の手でOKサインを出してくれる。

「あ、詩織ちゃんごめん、洗面所貸して」

そう言うなり、里美はそばに置いてあった自分のバッグからコスメポーチを取り出して駆けていく。

慌ただしくリビングを出ていく里美の背中を見送り、貴也が「そういうことか」と笑う。

「ふたりの波長が、ビビってきてるみたいですね」

立ち上がって彼の腰に腕を絡めながら、詩織が言う。

そんな彼女を抱きしめ返しながら、貴也が不思議そうに首をかしげる。

「前に里美ちゃんが言っていたんです。運命の人に出会ったら、ビビッてくるからわかるはずだって。たぶん今のふたりは、ビビって電波がつながって惹かれ合っているんです」

「なるほど」

納得したとうなずく貴也は、詩織の頬を優しくなでる。

「だとしたら、俺は出会った時にその電波を詩織に感じていたんだろうな」

「嘘ばっかり」

あの時の貴也は、さんざん詩織を子ども扱いしたではないか。

ベッドに押し倒され怯える自分を笑い飛ばした貴也が、自分に運命を感じていたなんて思えない。

でも正直に言えば、詩織の方は、あの日から一方的に貴也に心奪われている。

ムッと膨らませる詩織の頬に口づけをして、貴也が言う。

「運命は感じていたよ。そうでなければ、婚約したりしない。ただそれが愛だと気づくのに少し時間がかかっただけさ」

愛おしい人に甘い声でそうささやかれれば、拗ねてなどいられない。

「その言い方、ズルいです」

照れつつそう返すと、貴也は詩織の顎をそっと持ち上げる。

「それはごめん」

少しも反省の色を感じさせない声で謝って、貴也はそのまま唇を重ねる。

そんな彼の口づけに酔いしれながら、詩織は、これからも自分はこの婚約者様の虜であり続けるのだろうなと思った。

END

あとがき

今作を手に取ってくださった皆様、本当にありがとうございます。

はじめまして、冬野まゆと申します。

普段、あとがきのないレーベルでお仕事させていただいているので、なにを書いていいかわからずひたすらドキドキしています。

なかなかの人見知り&かなりの不器用者でSNSも全然フォロワーさんがいないX(旧Twitter)のみで、普段、作品を読んでくださっている方に感謝の気持ちをお伝えできずにいたので、あとがきを書かせていただけてうれしいです。

このたび素敵なご縁があり、光栄にもベリーズ文庫様でお仕事させていただくことができました。

『怜悧な御曹司は秘めた激情で政略花嫁に愛を刻む』はお楽しみいただけたでしょうか?

今作はベリーズカフェ様のサイトでアップさせていただいている『完璧御曹司はかりそめの婚約者を溺愛する』を加筆修正したものになります。

そのため本文の中に、やたら〝かりそめの婚約者〟というキーワードが出ていますがそういうことです。

最初、そこも直そうかなとも思ったのですが、ふたりの出会いは詩織がまだ大学生の頃で、全力でがんばっているのに、まだまだお子様で空回りしちゃう詩織には〝かりそめの婚約者〟という表現がピッタリでかわいいかなと思ったのでそのままにさせていただきました。

最初の出会いから時間をかけて愛を育んでいった詩織と貴也の恋物語、無事にハッピーエンドにたどり着けてよかったです。

そんなふたりが縁をつないだ里実と悠介にも、きっと素敵なハッピーエンドが待っているはず。

最後になりますが、この本を手に取ってくださった読者様、素敵なイラストを描いてくださった逆月酒乱先生、出版につながる機会をつくってくださった皆様、取次様、書店様、本当にありがとうございます。

またお会いできる機会があるとうれしいです。

冬野《とうの》まゆ

冬野まゆ先生への
ファンレターのあて先

〒104-0031
東京都中央区京橋1-3-1
八重洲口大栄ビル7F
スターツ出版株式会社　書籍編集部　気付

冬野まゆ先生

本書へのご意見をお聞かせください

お買い上げいただき、ありがとうございます。
今後の編集の参考にさせていただきますので、
アンケートにお答えいただければ幸いです。

下記URLまたはQRコードから
アンケートページへお入りください。
https://www.berrys-cafe.jp/static/etc/bb

怜悧な御曹司は秘めた激情で政略花嫁に愛を刻む

2024年1月10日　初版第1刷発行

著　者　冬野まゆ
©Mayu Touno 2024
発行人　菊地修一
デザイン　カバー　ナルティス
フォーマット　hive & co.,ltd.
校　正　株式会社文字工房燦光
発行所　スターツ出版株式会社
〒104-0031
東京都中央区京橋1-3-1　八重洲口大栄ビル7F
TEL　出版マーケティンググループ　03-6202-0386
(ご注文等に関するお問い合わせ)
URL　https://starts-pub.jp/
印刷所　大日本印刷株式会社

Printed in Japan

ISBN 978-4-8137-1527-6　C0193

ベリーズ文庫 2024年1月発売

『クールな御曹司の溺愛は初恋妻限定〜愛が溢れたのは君のせい〜』 滝井《たきい》みらん・著

平凡OLの美雪は幼い頃に大企業の御曹司・蒼の婚約者となる。ひと目惚れした彼に近づけるよう花嫁修業を頑張ってきたが、蒼から提示されたのは1年間の契約結婚で…。決して愛されないはずだったのに、徐々に独占欲を垣間見せる蒼。「君は俺もの」――クールな彼の溺愛は溢れ出したら止まらない…!?

ISBN 978-4-8137-1524-5／定価770円（本体700円＋税10%）

『スパダリ職業男子〜航空自衛官・公安警察官編〜【ベリーズ文庫溺愛アンソロジー】』 惣領《そうりょう》莉沙《りさ》、高田《たかだ》ちさき・著

人気作家がお届けする、極上の職業男子たちに愛し守られる溺甘アンソロジー！　第1弾は「惣領莉沙×エリート航空自衛官からの極甘求婚」、「高田ちさき×敏腕捜査官との秘密の恋愛」の2作品を収録。個性豊かな職業男子たちが繰り広げる、溺愛たっぷりの甘々ストーリーは必見！

ISBN 978-4-8137-1525-2／定価770円（本体700円＋税10%）

『熱情滾るCEOから一途に執愛されています〜大嫌いな御曹司が極上旦那様になりました〜』 砂川雨路《すながわあめみち》・著

華道家の娘である葵は父親の体裁のためしぶしぶお見合いにいくと、そこに現れたのは妹と結婚するはずの御曹司・成輔だった。昔から苦手意識のある彼と縁談に難色を示すが、とある理由で半年後の破談前提で交際することに。しかし「昔から君が好きだった」と独占欲を露わにした彼の溺愛猛攻が始まって…!?

ISBN 978-4-8137-1526-9／定価748円（本体680円＋税10%）

『怜悧な御曹司は秘めた激情で政略花嫁に愛を刻む』 冬野《とうの》まゆ・著

社長令嬢の詩織は父の会社を救うため、御曹司の貴也と政略結婚目的でお見合いをこじつける。事情を知った貴也は偽装婚約を了承。やがて詩織は貴也に恋心を抱くが彼は子ども扱いするばかり。しかしひょんなことから同棲開始して詩織はドキドキしっぱなし！　そんなある日、寝ぼけた貴也に突然キスされて…。

ISBN 978-4-8137-1527-6／定価748円（本体680円＋税10%）

『冷徹エリート御曹司の独占欲に火がついて最愛妻になりました』 ねじまきねずみ・著

OLの茉白が大手取引先との商談に行くと、現れたのはなんと御曹司である逢斗だった。初めは冷徹な態度を取られるも、懸命に仕事に励むうちに彼が甘い独占欲を露わにしてきて…!?　戸惑う茉白だったが、一度火のついた逢斗の愛は止まらない。「俺はあきらめる気はない」彼のまっすぐな想いに茉白は抗えず…！

ISBN 978-4-8137-1528-3／定価759円（本体690円＋税10%）

ベリーズ文庫 2024年1月発売

『無口な彼が残業する理由　新装版』 坂井志緒《さかいしお》・著

仕事一筋な理沙が残業をするとき、そこにはいつも会社一のイケメン、丸山が。クールで少し近づきにくいけれど、何かと理沙を助けてくれる。そんなある日の残業終わり、家まで送ってくれた彼に突然甘く迫られて…！「早く、俺のものにしたい」──溢れ出した彼の独占欲に、理沙は身も心も溶かされてゆき…。

ISBN 978-4-8137-1529-0／定価499円（本体454円＋税10%）

『罪悪の聖女、侍女に転生したけど即バレ⁉私を殺したはずの皇帝が溺愛してきます』 友野紅子《とものこうこ》・著

聖女・アンジェリーナは、知らぬ間にその能力を戦争に利用されていた。敵国王族の生き残り・ディルハイドに殺されたはずが、前世の記憶を持ったまま伯爵家の侍女として生まれ変わる。妾の子だと虐げられる人生を送っていたら、皇帝となったディルハイドと再会。なぜか過保護に溺愛されることになり…⁉

ISBN 978-4-8137-1530-6 定価759円（本体690円＋税10%）

ベリーズ文庫 2024年2月発売予定

Now Printing

『タイトル未定(ドクター×虐げられヒロイン)』 若菜《わかな》モモ・著

幼い頃に両親を亡くした芹那は、かつての執刀医で海外で活躍する脳外科医・蒼羽とアメリカで運命の再会。急速に惹かれあうふたりは一夜を共にし、蒼羽の帰国後に結婚しようと誓う。芹那の帰国直後、妊娠が発覚するが…。あることをきっかけに身を隠した芹那を探し出した蒼羽の溺愛は蕩けるほど甘くて…。

ISBN 978-4-8137-1539-9／予価748円（本体680円＋税10%）

Now Printing

『スパダリ職業男子〜消防士・ドクター編〜』 伊月《いづき》ジュイ、田沢《たざわ》みん・著

2ヶ月連続！　人気作家がお届けする、ハイスペ職業男子に愛し守られる溺甘アンソロジー！　第2弾は「伊月ジュイ×エリート消防士の極上愛」、「田沢みん×冷徹外科医との契約結婚」の2作品を収録。個性豊かな職業男子たちが繰り広げる、溺愛たっぷりの甘々ストーリーは必見！

ISBN 978-4-8137-1540-5／予価660円（本体600円＋税10%）

Now Printing

『両片想い夫婦』 きたみ まゆ・著

名家の令嬢である彩菜は、密かに片思いしていた大企業の御曹司・翔真と半年前に政略結婚した。しかし彼が抱いてくれるのは月に一度、子作りのためだけ。愛されない関係がつらくなり離婚を切り出すと…。「君以外、好きになるわけないだろ」――最高潮に昂ぶった彼の独占欲で、とろとろになるまで愛されて…!?

ISBN 978-4-8137-1541-2／予価660円（本体600円＋税10%）

Now Printing

『愛は信じないはずでしたが……孤独な令嬢はエリート警視正の深愛に囚われる』 一ノ瀬《いちのせ》千景《ちかげ》・著

大物政治家の隠し子・蛍はある組織に命を狙われていた。蛍の身の安全をより強固なものにするため、警視正の左京と偽装結婚することに！　孤独な過去から愛を信じないふたりだったが――「全部俺のものにしたい」愛のない関係のはずが左京の蕩けるほど甘い溺愛に蛍の冷えきった心もやがて溶かされて…。

ISBN 978-4-8137-1542-9／予価748円（本体680円＋税10%）

Now Printing

『契約婚!? 会って5分で極上CEOの抱き枕にされました』 橘樹《たちばな》杏《あんず》・著

リストラにあったひかりが仕事を求めて面接に行くと、そこには敏腕社長・壱弥の姿が。とある理由から契約結婚を提案してきた彼は冷徹で強引！　断るつもりが家族を養うことのできる条件を出され結婚を決意したひかり。愛なき夫婦のはずなのに、次第に独占欲露わにする彼に容赦なく溺愛を刻まれていき…!?

ISBN 978-4-8137-1543-6／予価748円（本体680円＋税10%）

タイトル、価格等は変更になることがございますのでご了承ください。